먹는 위로

먹는 위로

글·그림 김지연

마음세상

프롤로그

인생은 고통과 맛있는 음식의 콜라보

인생은 고통과 마주하지만

이 인생을 위로하는 것은 맛있는 음식이다

우리는 하루 세끼를 먹는다

맛있는 음식이 있어

인생의 고통을 잊고

행복과 기쁨을 채운다

Chapter 1. **한식**

Chapter 2. 양식

Chapter 3. **일식**

Chapter 4. 중식

Chapter 5. **집밥**

Chapter 6. 커피와 디저트

Chapter 1. 한식

삼겹살

-

인생사

숯불이 들어오고 불판을 올려 삼겹살을 올린다. 열기가 확 올라온다. 식당에는 신나는 음악이 흐르고 사람들은 화기애애하다. 생고기의 선연한 색감. 고기 덩어리일 때는 작아보이는데 자르면 많아진다. 불판에 올라간 고기는 맛있는 냄새를 내며 구워진다. 적절한 비계와 살코기. 목살도 곁들이면 좋다.

y는 오랜만에 친구들과 모임을 가졌다. 단체석에 앉아 삼겹살을 굽는다. 분위기도 시끌벅적하고 오랜만에 기분이 난다. 사이드 반찬으로 김치, 무쌈, 상추, 깻잎, 배추, 계란찜, 된장찌개가 나온다.

서빙 아주머니는 친절하고 음식은 푸짐하다. 고기와 함께 나온 버섯과 양파, 슬라이스 감자, 슬라이스 파인애플, 방울토마토도 같이 굽는다. 육즙이 흐르는 생고기가 맛있는 소리, 맛있는 냄새를 풍기며 구워진다. 타지 않게 잘 뒤집어준다.

오랜만에 만난 친구들은 모두 표정이 밝다. 못 본 사이, 얼굴에서 세월이 느껴지긴 했지만 그래도 만나면 언제나 인생의 리즈 그 어느 순간에 와 있는 것 같다. 늘 모임에 참석하던 t가 이혼을 한 뒤로는 이제 발걸음을 하지 않는다. 대신 건너건너 들려오는 소식에 따르면 t는 자신의 속내를 다 말할 수 있는 소수의 친구들하고만 어울리고 여행도 다닌다고 한다. 그리고 그 친구들에게 선물도 아낌없이 하며 정도 쓰며, 속마음도 털어놓는데 혼자가 된 지금이 훨씬 편하고 좋다고 말한다고 한다.

고기집은 구워주는 집이 있고 셀프로 구워야 하는 집이 있다. 직원이 능숙하게 구워주는 모습을 보면 불멍, 물멍처럼 고기멍에 빠진다. 직접 구워먹는 고기는 좀 번거롭긴 해도 어려운 건 아니다. 고기와 함께 양파와 버섯, 마늘도 굽는다. 고기가 선홍색 빛깔을 잃어가고 익어가면 가위를 들고 먹기 좋게 자른다.

삼겹살 고기의 첫 점은 소금에 찍어먹으면 좋다. 질 좋은 한돈은 너무 익혀 먹지 않아도 좋다. 고기 때깔이 아주 기가 막히다. 숙성이 잘 된 돼지고기는 비계마저 맛있다. 또한 멜젓이나 와사비에 찍어먹는 맛도 색다르다. 고기를 찍어먹는 소스를 기가 막히게 잘 만드는 맛집이 있다. 역시나 양파가 들어간 단짠단짠한 양파소스가 아닐까 한다.

고기쌈으로는 상추, 깻잎, 배추가 나온다. 때에 따라 아예 쌈채소가 없는 경우도 있긴 하다.

얼마전 친했던 친구 b가 교통사고로 세상을 떠났다. 모임에서 빈자리는 없었지만 언제나 빠진 친구는 있었다. 오늘은 그 친구에 대한 이야기를 아무도 하지 않는다. 하나 둘 씩 사라져가는 게 인생이고 없는 사람 떠올리며 한번씩 우수에 잠기는 게 사람 마음인가 보다.

고기쌈을 싸본다. 손바닥에 싱싱한 상추를 얹고 그 위에 파절이와 김치, 된장 바른 마늘을 올린다. 그리고 잘 익은 삼겹살 한 점을 올린다. 그리고 냠냠 먹어준다. 아마 세상에서 가장 맛있는 것이 바로 이 맛이 아닐까 한다.

모임에 늘 나오던 친구였던 e는 뇌경색으로 인해 현재 병원에 있다. 호전 기미는 없이 사람을 알아보지 못하고 누워만 있다. 가족들이 잘 찾아오지 않는 모습을 보며 씁쓸했다.

여럿이 밥을 먹으면 맛있다. 혼밥은 혼밥대로 편하고 단체로 먹는 밥은 그만의 즐거움이 있다. 괜히 과식하기도 한다.

계란찜이 나왔다. 삼겹살을 먹을 때 빠질 수 없는 계란찜. 촉촉하고 수분 많은 계란찜. 화산처럼 솟은 폭탄계란찜. 김이 펄펄 올라오고 끝내주게 부풀어 있다.

마무리는 냉면이나 된장찌개. 삼겹살에는 공기밥과 된장찌개도 좋고, 물냉면이나 비빔냉면, 혹은 잔치국수나 비빔국수, 밀면도 좋다. 아, 동치미도 좋다. 친구들은 제각각 냉면이나 국수를 주문했고 누군가는 더 먹지 않는다고 했다.

계란찜을 먹던 y는 문득 어떤 남자가 생각났다. 몇해 전 호감을 가지고 만났던 남자와 식사를 마치고 걸어가던 중이었다. 잠시였지만 그 순간에는 이 세상 둘도 없이 가장 가까운 사이가 된 것 같았다. 그는 다정하게 y를 집까지 바래다주었다. 그리고 더이상 연락하지 않았다. 우습게도 그걸로 인연이 끝이었다. 몇번이나 그 장면을 다시금 떠올려 생각해봤지만 답이 안 나온다. 그냥 그때 걸었던 길이 참 좋았다고 생각하기로 했다.

y는 가장 좋아하는 물냉면을 골랐다. 문득 y의 뇌리로 그간 사귀었던 남자들이 쓰윽 스쳐지나갔다. 인연으로 남은 사람은 없었지만, 그렇다고 해서 무의미한 시간이었다고 하기는 좀 그렇다. 그냥 그때 재미있었으면 됐다. 아무것도 하지 않은 것보다는 훨씬 나으

니까.

  오늘은 친구 누구도 술을 주문하지 않았다. 식사가 거의 끝나고 2차를 가기 전 식당에 비치된 커피 머신에서 커피를 빼온다. 일생에서 친구와 함께 하는 시간이란 어떤 시간일까? 드르르륵 원두 갈리는 소리가 난다. 아메리카노와 믹스 커피 중 고민했는데 달달한 믹스커피로 선택했다. 커피 향이 그윽하다. 따뜻한 커피가 몸속 깊이 들어가며 잠시 떠올랐던 그 기억들이 스르르 사라지는 것을 느꼈다. y는 속이 더부룩하지 않게 좀 걷고 싶었다.

  역시 삼겹살은 세상에서 가장 맛있는 음식이 분명하다.

먹는 동안 인생이 무심히 지나간다
아프고 힘들었던 기억이
다시 안 볼 낯선 사람처럼 스쳐지나간다

돼지국밥

–

이자

J는 5년 전 결혼을 했다. 그때만 해도 모두들 결혼을 잘했다고 입을 모았다. 남편인 그는 모두가 선망하는 직업을 가지고 있었고 J 하나만 바라보는 건실한 청년이었다. J가 그와 사귀는 동안 결혼까지 이르게 될지는 몰랐으나 그는 절대로 J를 배신하지 않았다. 그렇게 그들은 부부가 되었고 J는 남편을 따라 먼 타지로 이사를 오게 되었다. 그렇게 두 사람의 인생에 탄탄대로가 열리는 듯했다. 결혼해서 3년이 지나도록 아이가 생기지 않았는데 그때부터 인생의 먹구름이 몰려오기 시작했다.

그때는 부동산 붐이 한창 일어날 때였다. 집값 상승기로 아파트

값이 천정부지로 올랐다. 지금이 아니면 집을 영원히 못 살 것 같은 그런 분위기가 조성되어 있었다. 저금리 바람을 타고 집값이 꼭대기로 오를 즈음, 직장에서 제공한 사택의 계약기간도 만료가 되는 시점이었다. J는 근처 아파트 분양을 알아보게 되었고 마침 이사 날짜가 딱 맞은 20평 대 아파트를 분양받게 되었다. 처음에는 상담만 받아보려고 했으나 상담원의 말빨에 혹하고 말았다. 아파트 입지도 좋고 동호수도 좋고 공간 구조도 좋은 건 다 알겠다. 남서향으로 가 거실로 늦게 까지 들어오는 것도 좋았다. 둘이서 살기에 이만한 집도 또 없을 것 같았다. 방도 3개라 언젠가 태어날 아기의 방도 꾸미고 싶었다. 새 아파트라니, 꿈만 같았다. 문제는 돈이 거의 없었다. 돈이 없으면 수퍼에서 우유 하나도 못 사는데 돈이 없으면서 수억짜리 아파트를 사려고 하다니, 무슨 배짱이었을까. 그럼에도 다시 없을 기회처럼 여겨졌던 그 아파트를 기어이 분양받았다.

아파트 분양대금은 은행 대출로 대부분의 비용을 충당했다. 이것이 문제였다. 그때는 지금 집은 안 사면 바보라고 몰고가는 식이었고 집을 사기만 하면 무조건 돈방석에 오르는 것처럼 거품이 만연한 시기였다. 중요한 결정에 남의 탓을 하는 것은 바람직하지 않다. 모든 것은 J와 남편이 결정한 일이다.

시간이 흘러 입주 시기가 다가왔을 때는 분위기가 확 바뀌었다. 금리가 올라가고 집값은 무섭게 폭락하기 시작했다. 사람들은 투자에 열을 올리다가 생업에 집중했다. 겁을 집어 먹고 발을 동동 구르다 결국 집을 포기하기로 했다. 하지만 부동산에 내놓아도 팔리지 않았다. 집값이 오른다고 호들갑 떨던 사람은 어디 가고 이제 폭락한다고 설레발이었다. 이자를 감당하기 어려웠다. 당장 매수자도 없을 뿐더러 너무 손해를 보고 팔 수는 없었다. 당장 이자를 메꾸는 것이 급선무였다. 그렇지 않으면 경매로 넘어갈 지경에 이르렀다. 가족이나 지인들에게 고민을 토로해봤자 왜 그런 일을 벌였냐고 타박했기에 입을 다물었다.

다른 사람이 나의 문제를 해결해 줄 수 없다. J는 그때부터 집 때문에 생긴 이자를 갚느라 밤낮 주야로 아르바이트를 다녔다. 결혼을 하면 일을 쉴 수 있을 것 같았다. 이제 아이를 낳고 키우며 시간을 보낼 수 있을 것 같았다. 하지만 더 열심히 일해야 했다.

J는 사교육에 몸담고 있었다. 불러만 주면 어디든 갔다. 그래도 고액 과외의 끈이 있어 죽으란 법은 없었다. 집을 얻어놓고도 대부분의 인생을 길에서 보내면서 J는 지쳐갔다. 몸이 너무 힘들어 손끝 하나 움직이기 싫을 때면 결혼도 후회했다. 만일 결혼하지 않았다면 원래 살던 곳에서 편하게 살았을 텐데. 아기도 생기지 않았

다. 병원에서는 둘다 문제가 없다고 했다. 그런데 왜 아이는 생기지 않을까?

아이는 포기하는 수순으로 가고 있다. 지금으로서는 차라리 잘된 일이었지만 세월을 흘러 나이가 들어갔다. 결혼식장에서 예비 시어머니는 아들을 붙잡고 많이 우셨다. 그때는 남편만 내 손을 잡아주면 세상 모든 것이 내 것 같았는데, J는 그 모습을 떠올리며 그 눈물의 의미를 알 것 같았다.

언젠가 집값이 다시 상승하고 거래가 잘 이루어진다고 해도 현재 이자를 넣지 못하면 모든 것이 도루묵이 되는지라 본격적으로 돈에 쫓기는 삶이 시작되었다. 남편의 월급은 생활비로 쓰고 J의 수입은 모두 이자 충당으로 들어갔다. 둘이 아무리 벌어도 빠듯한 삶이었다. 주변에 도와줄 사람도 없었다. 하긴 자기들 사는 집이고 스스로 구매한 것인데 남이 도와주길 바라는 것도 몰염치다.

J는 밤 10시가 되어서 24시 영업을 하는 한 국밥집에 들렀다. 피크 타임이 지나 식당에 사람이 많지는 않다. 오늘 하루 제대로 먹지 못했다. 수업을 한다고 말은 무지하게 많이 했다. 그래도 J에게 한줄기 등불은 돼지국밥이다. 지치고 힘들 때면 혼자 돼지국밥을 먹으러 간다. 국밥 먹을 때는 더 맛있게 먹으려고 일부러 공복을 만든다. 지금이 가장 편안한 순간이다.

뚝배기에 뜨끈뜨끈 끓는 채로 나오는 돼지국밥을 보면 가슴 한 구석이 뜨거워졌다. 수능 앞둔 아이들을 가르치느라 과외를 그만둔다는 아이는 없었다. J에게는 절실함과 간절함이 있었기에 학부모들은 믿고 맡겼다. 아이들의 성적은 쑥쑥 올랐다. 가르치는 일은 언제나 좋았다. 그나마 일이 끊어지지 않으니 그게 얼마나 다행인가 싶었다. 그래도 전공인 수학을 좋아하고 수학을 가르치는 삶에 만족한다.

배고플 때 먹는 밥이 가장 맛있다. 국밥에는 인생이 통째로 들어있는 것만 같다. 뚝배기 안에 고기며 소면이며 푸짐하게 들었다. 진한 육수로 만들어진 국물을 후루룩 마시고 나면 없던 힘도 생긴다. 깊은 맛의 국물에는 세상만사가 들어있는 것 같다. 푹 고아져 나온 그 맛에는 얄팍함이 없다. 공기밥을 통째로 넣어 술술 말아서 돼지고기와 깍두기랑 먹으며 생각한다.

신혼부부가 20평대 아파트에 살고 싶은 게 욕심이었을까? 넘보지 못할 꿈이었을까? 어째서 집값은 그토록 비싸단 말인가? 20평대 아파트를 넘본 건 잘못이 아니라도 분양가 7억인 집을 믿는 구석도 없이 덜렁 계약한 것은 욕심이 맞는 듯하다. 집에서 화장실 문짝 하나도 내것이 아닌 은행의 것이니까. 아파트가 아니라도 형편에 맞는 집은 분명히 많이 있었다.

뜨끈뜨끈한 뚝배기에 김이 스멀스멀 피어오른다. 안경에 허연 김이 확 서린다. 시야가 아득해지며 잠시 생각이 정지되는 것 같다. 남편과는 진짜 인연이었을까? 우리가 진짜 진짜 인연이었다면 만나서 서로 행복해지지 않을까? 지금은 행복일까? 혹시 지금의 어려움을 이기고 나면 행복에 이르게 될까? 우리가 서로 함께 한 것이 신의 한 수였다고 생각하게 될까?

평소 싱겁게 먹는 j는 소금이나 고추가루를 뿌리지 않고 나온 그대로 먹는다. 돼지고기가 가득 들었다. 자꾸만 발걸음을 하게 되는 돼지국밥 맛집이다. 과외 아르바이트를 하면서 남편과 함께 식사하는 일이 거의 없어졌다. 고등학생 과외이기 때문에 과외 시간은 밤늦은 시간으로 몰렸다.

인생이란 문득, 후회해본들 다 무슨 소용인가 생각을 해보게 된다. 이미 다 벌어진 일이다. 레버러지를 많이 써도 올라갈 줄 알았던 아파트 값이 그렇게 떡락할 줄 누가 알았겠는가. 꼭대기에서 가장 비싼 값을 부담하면서도 그것이 어리석은 줄 몰랐다. 국밥이 주는 행복감을 만끽하며 다시 한 번 일어나게 된다.

남편과는 원래 신뢰가 두터운 사이다. 싸우거나 틀어질 일이 없다. 서로 굳게 믿어 연을 맺었다. 그래서 이러한 문제로 서로 멀어지지 않았다. 남편은 아직도 보고 있어도 훈훈해지고 떨어져 있으면 보고 싶은 사람이다. 당장 이 지친 삶을 잘 견뎌내기만 하면 되었다. 혹시 알까. 10년 뒤에는 또다른 상황이 펼쳐질지. 그때 아파트 안 팔고 잘 버텼다고 스스로 칭찬하게 될 지.

아파트는 참 좋다. 새집이다. 정작 좋은 집에 살면서도 그 집에서 보내는 시간인 많지 않다. 잘 살펴보면 하자가 있긴 하지만 그래도 그 아파트는 좋다. 또한 사랑하는 남편이 곁에 있어서 참 좋다.

국밥을 후루룩 다 먹었다. 뚝배기 바닥이 보인다. 시원하고 아삭한 김치가 일품이다. 공기밥 한 그릇이 든든하다. 그만 자리에서 일어나려는데 전화벨이 울린다. 남편이다.

"응, 이제 집에 가려고 해."

J는 돼지국밥 한 그릇에 인생을 담고 위로를 받는다.

후회가 소용없음을 알려주는

국밥 한 그릇

Kimsiyeon 2024

김밥

—

무시

h는 병원에 들렀다. 접수 직원이 뭔가 앞서 안 좋은 일이라도 있었는지 눈도 안 마주치고 표정도 굳고 말투가 너무 딱딱했다. 아무것도 묻지 말고 말도 걸지 말라는 무언의 압박 같았다. 진료를 보고 나오는 길에도 기분은 좋지 않았다. 저 자리에서 오래 일할 사람은 아니겠지. 좀 지나면 또 바뀌어있겠지.

수퍼에서 바구니 하나를 사왔는데 계산원이 물건을 툭툭 던지며 퉁명스럽게 얼마라고 말했다. 툭툭 떨구는 모습을 보니, 울컥 기분이 좋지 않았다. 인사를 하는 일도 없었고 가식으로나마 표정을 바꾸는 일도 없었다. 돈을 주면서 무척 아깝다는 생각이 들었다. 병원 처방은 정확하고 바구니는 딱 쓸만하니 튼튼한데 말이다.

생각해 보면, 근처에 친절한 사람이 누가 있나 싶다. 아침에 출근하면 동료들이나 상사도 '왔냐?'는 식으로 딱딱한 얼굴들이다. 사실 반겨줄 리가 없다. 트집이나 안 잡히면 다행이다.

때로는 어린애처럼 환영받고 싶을 때가 있다. 다정한 웃음을 보고 싶고 친절한 말을 듣고 싶다. 누가 나한테 관심 좀 가져주고 내 이야기도 들어주고 내 편 좀 들어주었으면. 하지만 이제 그런 일은 없다. 사람 많은 전철에서 서서 가는데 갑자기 전화가 왔다. 친구였다. 통화를 하는데 갑자기 옆에 사람이 말했다.

"조용히 좀 해주세요."

단지 짧은 말 한마디 뿐이었는데 듣자 마자 갑자기 화가 확 치밀었다. 주머니에 칼이라도 있으면 확 찔러버리고 싶을 정도로 일순간 분노가 폭발했다. 나를 무시하는 느낌. 네가 뭔데 나를 무시해? 하지만 이성의 끈을 부여잡는다. 어째서 사과를 해야 하는 타이밍에 이토록 화가 치미는 걸까? 돌이킬 수 없는 범죄를 저지른 사람들 보면 피해자에게 미안하지도 않고 사죄하지도 않는 경우가 있는데, 감정이 폭발이 일어나고도 그 불씨가 안 꺼지는 모양이었다. 모든 사람이 나에게 친절하게 대해줄 리가 없을 텐데.

"아, 죄송해요." 하면서 전화를 얼른 끊거나 다른 자리로 이동하면 될 일이었다. 모르는 여자였다. 이 여자도 보통 예민한 게 아니다. 자기 삶이 술술 잘 풀리는데 사소한 일에 시비를 걸까. 아저씨들의 사소한 시비에 끝까지 바락바락 대들며 싸움하는 여자들이 있다. 지난 번에는 버린 담배꽁초가 한 아가씨에게 부딪혀 언성을 높여 싸우는 모습도 봤다. 아가씨는 절대로 물러서지 않는다. 자신이 올바르다는 신념이 있다. 그래도 그때 그 아저씨가 미안하다며, 그냥 넘어가서 참 다행이다 싶었다. 맞짱이라도 뜨면 볼만해진다. 만일 돈이며 사람이며 다 잃은 사람이라면 이때다 싶어 물귀신으로 너 죽고 나 죽자는 식으로 모르는 사람에게도 덤비는 경우가 있어 주의가 필요하다.

전화는 친구 쪽에서 먼저 끊었지만 그 여자가 얼마나 미운지 내릴 때까지 째려봤다. 이러다 사고 치지 싶어 h는 급히 전철에서 내렸다. 처음보는 사람인데 정나미가 뚝 떨어진다. 아무것도 부탁하지 않았는데 모든 것을 거절하고 싶은 그런 심정이 된다.

김밥이 아주 잘 나오는 유명 김밥집으로 갔다. 집에 가서 찬물에 밥이나 말아먹으려고 했는데 인내심의 임계점에 도달했음을 느꼈다.

김밥집은 피크 타임이 지나 좀 한산했다. 착한 가격인데 재료를 꽉꽉 채워서 왕김밥으로 내어주는 숨은 맛집이다. h는 가장 좋아하는 참치김밥 한 줄을 주문했다. h의 선택은 언제나 참치김밥이다. 마요네즈를 깻잎에 기름기를 뺀 참치를 올리고 마요네즈를 듬뿍 올리는 참치김밥. 어찌나 크게 말아주었는지 한입에 다 들어가지도 않는다. 장국은 셀프로 이용할 수 있어 리필이 가능하다.

그래도 김밥집 사장님은 좀 친절했다. 입가와 눈가의 미소가 장국 국물처럼 따뜻했다. 아마 장사가 잘 되는 모양이다. 사장님 얼굴을 보니 밥맛이 좀 돌아왔다. 병원에서 까칠한 접수원을 보고는 괜히 분노가 치밀어 진상짓이라고 좀 해볼까 했다. 앞으로는 그 병원 말고 다른 데 가야 겠다. 그 접수원 꼴보기 싫어서 병원을 옮기는 꼴이라니. 동네에 병원이 널려서 그나마 다행이다.

김밥 하나를 입에 넣으니 꾹 참고 진상 부리지 않길 잘했다는 생각이 들었다. 이제 그 불친절한 수퍼에는 파격 세일하는 날이 아니면 절대로 안 가기로 마음 먹었다. 그 사람들도 자기 인생이 잘 되는데 저렇게 죽상을 하고 있을까? 사람 만나는 일 하는 사람들은 좀 행복한 사람들이 나와서 일하면 좋겠다.

직장이야 그만두면 거기서 만났던 사람들 다시는 안 볼 사이다. 그들이 뭐 친구도 아니고. 그들의 삭막함에는 적응하는 수밖에 없다. 돈 빌리고 폐 끼칠 때나 살살거리며 살갑게 굴지 보통 일반적인 사람은 원래 딱딱하다. 그 사람도 나를 대충 대하고 대충 보내고 싶어한다.

김밥은 참치와 우엉, 단무지, 계란, 당근, 오이, 깻잎으로 아주 꽉 꽉 채워져 있다. 김밥집에 오길 정말 잘했다. 평소에는 메뉴를 고르지 못해 고민하지만, 스트레스가 극에 달하면 뭐가 먹고 싶은지 아주 확연하게 정해진다. 김밥 한 줄을 먹고 나니 역시 세상이 다르게 보인다. 오늘 티나게 화풀이를 안해서 정말 다행이다. h는 스스로를 칭찬했다.

현실적으로 정직한 사람의 고자세보다 사기꾼의 달콤함을 더욱 좋아한다. 그게 잘못인 줄 알지만 그 달콤함이 좋다. 감기처럼 들러붙어 있는 우울이 증발하는 느낌. 우리 삶에는 타인의 친절이라는 게 필요하다.

김밥을 먹고 나서 다시 전철을 탔다. 아까보다는 전철에 사람이 적다. 다행히 앉을 자리가 있어 편히 앉았다. 양옆이 다 비어있어 참 좋다. 아무도 안 앉았으면 좋겠다. 옆에 사람이 마음에 안 들어서 도착지가 아닌데도 일어나는 일은 없었으면 좋겠다.

그때 옆의 여자가 전화를 받았다. 모르는 여자다. 그녀의 통화는 길게 이어졌다. 목소리도 커서 옆에 사람이 다 들릴 정도였다. h는 조용히 하라고 말하지 않았다. 사람이 나에게 관심없는 사람들 틈 사이에서 크게 목소리를 내서 말하고 싶을 때가 있다.

내 이야기 좀 들어줘.

물론 전철에서는 조용히 해야 하는 것이 맞다. 전철에 누구도 그녀에게 시끄럽다고 말하지는 않았다. 좀 있으면 저 여자가 내리거나 내가 내리거나 둘 중 하나가 될 수 있으니까. 너무 소란하게 구는 경우는 역무원들이 와서 하차시킨다. 전철에서는 문제가 생기면 하차를 시키는 것으로 해결하는데 참 깔끔한 방법인 것 같다. 문제를 일으키면 목적지까지 다른 방법으로 가야 한다. 그러면 가던 방법대로 가려면 문제를 일으키면 안 된다.

통화 속으로 들려오는 남의 사정을 들으며 h는 문득 낯선 이들의 불친절함에 관해서 생각하게 되었다. 불친절함 자체로도 사람의 이성을 마비시킬 수 있다. 불친절함이 끊임없이 쌓이면 분노라는 게 생긴다. 거기에다 개인적으로 힘들고 어려운 일이 있으면 도화선이 생기게 된다.

옆의 여자는 h에게 한 말이 아니었지만, h는 옆의 여자의 이야기를 들어주었다. 통화 속 건너편의 목소리는 마치 다른 세계에서 오는 것처럼 아득하게 느껴졌다. 공감이란 그런 것이다. 상대가 진짜 공감했는지는 몰라도 말하는 사람이 위안을 얻으면 된 것이다.

우리 모두는 타인의 친절함을 갈망하지만 그건 요구할 수 없다.

타인의 배려는 아름답지만 내가 마음대로 가질 수 없다. 그건 남의 것이니까. h는 불친절한 사람들의 모습을 떠올리며 문득 창문에 되비친 자기 얼굴을 봤다. 나의 표정도 그들과 다르지 않다. 억지로 웃어보이려니 좀 어색하다. 그러고보니 좀 늙은 것 같기도 하다.

빈속이었으면 터질 것 같은 감정으로 인해 무척 괴로웠을 거다. 누군가에게 화풀이를 했을 수도 있고 모르는 사람과 소리 지르며 싸웠을 수도 있고 두고두고 후회할 일이 생겼을 수도 있다. 전철 승강장에서 처음 보는 사람들끼리 살짝 부딪혀서 욕설을 하며 싸우는 모습을 아주 가끔씩 본다. 비슷한 사람들끼리 비슷한 계기로 폭발을 했다. 아무도 져주지 않고 아무도 말리지 않는다. 역무원이 어디선가 뛰어온다. 역무원을 보면 상황이 종료되는 느낌에 평안하다.

속이 채워지고 나니, 부들부들 열받은 일들도 사소하게 느껴진다. 아까 먹은 김밥이 참 든든하다. 이 김밥 속에 오만 인정이 다 들어 있다.

불편하게 만나는
타인의 외로움
타인의 외로움과 아는 사이가 되는
익숙함

Kim ji yeon 2024

순대국

-

먹튀

g가 순대국집에 들어선 건 7시 30분즈음이었다. 손님들이 많이들 식사하고 나갔다. g는 마침 배가 고팠다. 구석진 4인용 테이블에 혼자 앉았다. 한산한 시간이라 혼밥석을 두고 넓은 자리에 앉았는데 눈치가 안 보인다. 종업원이 다가와 물과 컵을 가져다 준다. 종업원이 뭔가 말하기도 전에 g가 빠르게 말한다.

"순대국 기본 1개요."

테이블에 주문이 가능한 키오스크가 있지만 그냥 말로 했다. 종업원은 알았다며 왔던 길을 돌아가며 주방에다 말한다. "순대국

하나 있어."

　24시 영업하는 순대국집이다. 매장에는 티브이가 켜져 있고 다른 손님들을 몇몇이 식사를 하고 있다. 테이블 서랍에서 물티슈와 수저를 꺼내어 놓는다.

　오늘은 마지막 출근일이었다. 마지막 인수인계까지 착실하게 하고 나서 완전히 끝났다. 회사 사람들과는 웃으며 작별했다. 어디선가 또 만나겠지. 시간을 내서 따로 보지는 않을 것이다. 다시 안 볼 사람들이긴 하지만 나중엔 좀 보고 싶어질 것 같다. 어쨌든 회사를 그만두며 지금 이 순간만큼은 홀가분했다. 당분간은 멈추고 싶고, 그동안 하지 못했던 하고 싶은 일을 하고 살고 싶어졌다.

　g는 몇 달 전부터 번아웃이 왔다는 것을 알았다. 이대로는 더 버틸 수 없다는 것을 스스로 깨달았다. 그래서 사표를 냈다. 팀장은 붙잡지 않았다. 하던 일은 마무리하고 가라며 말 바꾸지 말라고 재차 물으며 사표를 수리했다. 늘 자기 밥벌이이에는 근심 걱정이던 팀장은 남의 밥벌이에는 그다지 관심이 없었다.

　가게 안으로 한 젊은 여자가 들어왔다. 화장을 신경 써서 했다. 보일까말까한 귀걸이를 하고 정장 치마에 셔츠를 입은 모습이었다. 여자는 자리에 앉더니 테이블 키오스크로 주문을 했다. 직원이 물을 가져다 줬다. 여자는 재빨리 셀프바에 가서 반찬을 가지고 왔다. 기본 찬은 나오고 추가 반찬만 셀프바를 이용하면 되는데 기본 찬이 나오기도 전에 여자는 셀프바에서 반찬을 많이 가지고 왔다.

g의 순대국이 나왔다. 부글부글 끓는 뚝배기 그릇이 보는 순간 기분이 확 풀린다. 순대와 수육 고기가 들어 있는 순대국 한그릇. 그리고 공기밥. 반찬으로 겉절이와 석박지, 부추무침이 있다. 김이 오르는 뚝배기를 보니 마음이 훈훈해져 세상만사 다 잊혀지는 순간이었다.

늦은 시간대의 저녁 식사라 시장했다. g는 허옇게 김이 오른 안경을 벗어두고 공기밥을 통째로 순대국에 부었다. 흰 쌀밥이 순대국 국물에 젖어든다. 내일부터 출근을 안하니 뭘하면 좋을지 생각했다. 일단 푹 자고 싶다. 늘 일어나던 그 시간이 아니라 깊고 길게 자고 싶었다. 그러면 많은 것을 버릴 수 있을 것 같았다. 입안으로 들어온 순대국 국물이 몹시 뜨겁다. 식혀 먹지 않는다. 이 뜨거움이 좋다.

옆의 여자도 순대국을 주문했다. 그녀의 순대국은 더 빨리 나왔다. 여자는 시장한 듯 부지런히 먹기 시작했다. 가게 안 손님들이 하나 둘 식사를 마치고 나갔다. 드문드문 생기는 빈자리를 보니 비로소 오늘 하루가 다 저물어가는구나 실감이 되었다. 시간이 참 빠른 것 같다.

g는 입사 첫날을 떠올렸다. 그때의 설렘과 기대감이 떠오른다. 그러나 매일 출근하면서 조금씩 겪게되었던 차디찬 실망과 현실. 그래도 그때는 모든 사람들에게 잘 보이고 싶었다. 하지만 날이 갈수록 일보다도 사람들과의 관계가 특히 어려웠다. 바로 새로 구직을 하면 괴로울 것 같았다. 당장은 여행도 다니고 싶고 공부도 하고 싶었다. 여자는 빨리 먹더니 셀프바로 가서 석박지와 겉절이를 더 가지고 온다. 그녀의 접시에는 추가로 담은 반찬이 한 가득이다. 이 24시 순대국집은 커피 머신도 아주 잘 되어 있다. 지금은 시간이 늦어 커피를 마시지 않기로 했다.

순대국에 순대가 많이도 들었다. 그냥 먹어도 맛있는데 이렇게 순대국으로 먹으면 매우 든든하다. 또한 가마솥으로 끓인 육수라 국물 맛이 남다르다. 느끼하지 않고 담백하고 깊고 진한 맛이 일품인 순대국 한 그릇. 배고플 때는 몰랐는데 점잠 배가 불러지니 내일에 관한 알 수 없는 불안감이 밀려왔다.

여자는 거의 식사를 마치고 자리에서 잠시 일어났다. 걸음걸이는 여유 있었으나 잘 보니 그녀의 소지품을 모두 팔에 걸어둔 채였다. 분명 나갈 채비를 다 한 모습이다. 여자의 표정은 도도했다. 마침 직원이 다른 곳에서 일하고 있었다. 여자는 화장실에 가는 걸까. 담배를 피우러 가는 걸까. 그때 텔레비전에서 화재 속보가 떴다. 모텔에서 불이나 사람들이 죽은 모양이다. 깜짝 놀란 사이 그 여자가 없어졌다. 먹고 난 그릇은 있는데 잠깐 사이 여자가 없어졌다.

t는 반찬을 남기지 않으려 마지막 석박지와 김치를 먹었다. 순대국 국물이 다 없어지고 뚝배기 바닥이 보인다. 그때 직원이 두리번거리며 여기저기 돌아다녔다. 아마도 여자를 찾는 모양이다.

"뭐야! 어디 갔어! 설마 먹튀야?"

직원이 몹시 난감해했다. 주방에서 화내는 목소리가 들려온다.

"그러길래 잘 좀 보지. 뭐했어!"

이 집 순대국은 9,000원이다. g는 벗어둔 재킷을 주섬주섬 입었다. 가끔 저렇게 돈 안 내고 먹고 가는 사람이 있다. 저런 사람들은 딱 한번만 그러지 않는다. 불쌍하다고 생각해야 할까? 아니면 나쁘다고 생각해야 할까? 그 여자의 행색은 나보다 화려했는데. g는 그녀가 먹고 난 자리를 물끄러미 바라보았다.

내일부터는 당분간 출근하지 않는다. 사람은 얼마나 쉬면 후회를 하게 될까? 시간이 지나면 또 이력서를 제출하겠지. 때가 되면 이력서를 뿌리는 것도 습관이 된 것 같다. 이력서의 뫼비우스 띠처럼 또다시 이력서를 내고 면접을 보는 행동을 반복하려고 어느 날 이렇게 그만두고 싶어지나 보다.

직원은 당황한 채 주방 직원과 이야기를 나누다 g가 카운터로 들어서자 얼른 나왔다. 그의 얼굴은 몹시 심란하다. g가 계산을 하는 동안 그 여자가 밥 먹던 모습이 떠올랐다. 다른 사람과 별반 다를 것도 없는 모습이었다. 하지만 오랫동안 잊혀지지 않을 모습인 것 같다. 배가 고프면 가장 먼저 양심을 잊게 되는 게 아닐까? 지금의 배고픔보다 더 중요한 게 또 있을까?

　가끔 저렇게 먹튀한 손님이 또 다시 와서 먹고 먹튀를 하는 재미있는 일도 벌어진다.

　밥을 먹고 나서 좀 걷기로 했다. 문득 번아웃과 배고픔 사이의 간격에 관해서 생각해 보게 되었다.

　'일을 쉬는 기간이 너무 길어지면 안 되겠어.'

　생활고 앞에서는 우울증도 움츠러든다. 누군가의 잔소리도 움직이지 못했던 나의 뚝심도 세상으로부터 고립이 되면 저절로 유동성이 생긴다.

　g는 집으로 가며 초심에 관해서 생각하게 되었다. 잃어버린 초심이 어디 있는지 찾을 수가 없었다. 내일 또 찾아봐야겠다.

배고프면
누구나 나쁜 사람이 된다

콩국수

–

절교

무더운 날이다. 식당에 여름 특선 메뉴로 콩국수가 나온다. 여름 한정이다 보니 콩국수 철에는 꼭 한 번씩 먹어본다.

k는 얼마 전 친구에게 놀라운 전화를 받았다. 무려 20년지기 친구였고 20대의 대부분을 함께 보낸 절친한 친구였다. k는 그 친구를 매우 좋아했고 나이가 들어서는 함께 인연이 되었음에 감사했다. 물론 중간에 삐걱거릴 때도 있었지만, 적당히 넘기고 인연을 함께 해왔다.

사실 처음 친구가 된 지 얼마 되지 않아 그 친구는 k를 손절하고 다른 친구들과 어울렸다. 그러다가 그 친구들하고 멀어지고 다시

k와 친해졌다. 친구관계가 부드럽게 잘 이어져 온 것은 아니긴 했다. 어느 순간 친구관계가 딱 끊어질 여지는 언제든 있었다. k는 그때 다시 친해지지 말고 떠나보내야 했음을 지금에야 깨달았다.

일년에 한두 번 정도 통화하며 서로의 안부를 물었지만 그래도 친구 사이는 굳건하다고 생각했다. 하지만 갑자기 걸려온 전화 한 통에 들려온 친구의 말은 k에게 큰 충격을 주었다.

"돈 좀 빌려줘."

처음 있는 일이었다. 심지어 금액도 컸다. k는 몹시 당황했고 에둘러 거절했다. 그러자 통화는 이내 끊어졌다. 말이 다 끝나지도 않았는데 뚝 끊겼다. k의 조언이나 충고 따위는 완전히 무시되었다. 전화의 목적은 돈 빌리는 것 외에는 없는 것 같았다.

k는 한동안 기분이 심란해졌다. 분명 돌려받지 못할 돈이었다. 이렇게 친구와 끝나는구나. 적어도 인연을 소중히 여겼다면 이런 말을 하지 않았을 텐데. k는 소중한 친구라고 생각했지만 그 친구는 아니었던 모양이다. 돈은 빌려줘도 안 빌려줘도 결말은 같다. 함께 했던 즐거운 시간을 모두 다 정리하려니 몹시나 쓸쓸했다.

앞으로는 오래전에 알던 사람에게서 오는 연락은 받지 않기로 했다. 분명 좋은 일은 아닐 것이다. 누가 좋은 일에 초대하겠는가. 민폐를 끼치려고 남을 끌어들이지.

예전에 한번 예전 애인과 연락이 닿은 적이 있다. 한번 같이 밥 먹고 문자 연락을 나누다가 흐지부지 멀어졌다. 또다시 멀어질 걸 괜히 다시 본 것 같은 느낌이 들었다. 그래도 그 사람이 돈 빌려달라는 말은 안 해서 그래도 해피엔딩이다 싶다.

콩국수는 면이 국물에 푹 잠겨 있는 그 폼이 참 좋다. 젓가락으로 휘휘 저으면 걸쭉한 그 국물이 좋다. 보통 콩물 100%는 아니다. 다른 재료를 섞어서 이렇게 훌륭하고 구수한 국물을 만들어낸다. 이 집 콩국수는 면도 자가제만한 면이라 더욱 좋다. 식당을 둘러보고 제면실이 따로 있는 경우는 대개 맛집으로 예상된다. 속도 편하고 부드럽다. 입에 솔솔 들어가는 국수를 씹다 보니, 속상했던 마음도 누그러들고 무엇이 올바른 길인지 이성의 끈이 단단해진다. 허기가 사라지면서 내가 내 무덤을 파는 과오를 범하지 않을 냉정함을 가지게 된다.

친구가 급한 사정이 있었던 것은 아닌지, 도와줄 만큼 형편이 넉넉한 게 아니라서 미안하기도 했다. 그러나 그건 여유있는 사람의 생각이지 당장 급해서 눈 앞에 아무것도 보이지 않은 사람에게는 중요한 것이 아니다.

콩국수를 먹으며 k는 그 친구를 잊기로 했다. 이제 먼저 전화하는 일은 없다고 다짐했다. 이쯤에서 그만 모두 끝내버려야 편안할 것 같았다.

내가 해줄 수 있는 건 말 뿐인데. 돈은 아닌데.

언젠가부터 친구가 자신의 말을 귀담아듣지 않고 가끔 거슬리는 말을 하며 공감하지 못할 때가 부쩍 많았음을 뒤늦게 깨달았다.

크게 일이 터질 때 가해자는 결국 다 가까운 사람들이다. 불행은 신뢰를 먹고 커진다. 누군가 내 가까운 이에 관하여 험담을 하면 불쾌하게 받아들인다. 내가 진짜 제대로 당하고 나서야 그 말도 들리기 마련이다. 가까운 사람을 나쁜 사람으로 만들지 않는 것도 적절한 손절의 기술에서 비롯된다.

모든 불행은 잘못된 인간관계에서부터 비롯된다. 인간관계가 잘못되면 아무리 건강한 식단에 절제한 삶을 살아도 한순간에 도루묵이 된다. 사람은 자신의 실수에는 관대하고 남의 실수에는 예민하다. 하물며 남의 배신에는 어떠하겠는가.

콩국수 한 그릇이 가르쳐줬다.

이제 그 친구를 잊으라고.

지나간 것들은 추억으로 둔갑시키지 말고 이제 그만 모두 떠나보내라고.

콩국수 한 그릇이 눈물이 찔끔 나오려던 눈도 번쩍 뜨게 해 준다.

고민이 된다면
그건 잘 안 되는 것이고
이미 끝난 것이다

답은 영원히 찾을 수 없다

한정식

–

자식

E에게는 아들이 있다. 너무나도 소중한 아이. 모든 것을 줘도 안 아까울 귀한 아이. 그 아이도 이미 자라서 고등학생이 되었다. 어릴 적에도 귀엽고 지금도 그러하다. 성인이 되는 아이를 바라보며 E는 생각에 잠긴다. 아이 앞에서 큰 소리 치는 부모가 되지 말아야지. 간혹 이런 부모들이 있다. 자식에게 '돈 잘 번다', '돈 있다', '집 있다', '건물 있다' 이런 식으로 마치 대단한 것인양 자식에게 자랑하는 어리석은 부모가 있다. 그것이 사실이라도 그런 소리는 하는 게 아니다. 아이도 부모 믿고 노력하지 않고 청춘의 시간을 그냥 허투루 보내기 십상이다. 혼자 일어나야 하고 어떻게든 자기 자신의 삶

을 스스로 책임질 수 있도록 하는 것이 중요하다.

우리 삶에는 불안이라는 것이 필요하다. 지금은 괜찮아도 나중에 어찌될 지 모르는 막연한 불안감. 그래야 살아가면서 노력이라는 것을 하고 설사 어떤 일이 틀어져도 문제해결책을 빨리 찾는다. 불안감 없이 안일하게 살면 갑자기 찾아오는 인생의 위기 앞에서 그저 남의 도움만 바라고 무기력한 사람이 된다.

너무 귀하게만 키운 자식은 잘 되지 못한다. 자식은 누구에게나 가장 귀한 존재이다. 자식의 잘못된 점을 간과하고 두둔해주다 보면 어느 순간 그 피해가 부모가 고스란히 입게 된다. 누군들 평생 자식 밥 해주고 싶고 귀하게 떠받들고 싶지 않으랴. 힘들고 고되고 남에게 고개숙이는 일을 시키기 싫다. 버젓하고 큰 소리 치는 일 시키고 싶다. 하지만 그것은 큰 착각이다. 이 세상의 모든 것은 밑바닥부터 다지게 되어 있다. 겉보기 좋으라고 밑바닥을 다지지 못한 인생에 도약은 없다.

한정식을 먹으러 오는 날은 설렌다. 가성비 있는 가격으로 많은 손님이 물려드는 한정식 집. E는 혼밥을 한다. 반찬 가지수도 많다. 쭈꾸미 볶음, 부침개, 잡채, 고등어 구이, 소불고기, 국물김치, 김치, 된장찌개, 묵무침, 샐러드 등등. 하나하나 맛있고 공기밥도 고슬하다. 갖가지 한식이 모인 한정식 밥상. 밥상을 가득채우는 반찬의 향연은 행복 그 자체다. E는 반찬 하나하나를 음미하며 생각한다.

누구에게나 놀라운 힘이 있다. 능력이 있는 사람도 계기가 없으면 게을러진다. 자식이 홀로서기를 할 수 있도록 할 것이다. 성인이 되어서까지 부모에게 기대며 살지 않게 할 것이다. 불안함과 더불어 홀로서는 가운데 사람은 자기가 정말 원하는 것을 찾고 진짜 노력을 한다. 그저 허풍 떠는 부모 뒤에서 애기처럼 살지 않게 해야 한다. 설령 재산이 좀 있다고 해도 자립하지 않는 자식을 지원하다 보면 훗날 노년층이 되어 그 재산도 다 사라지고 죽을 날이 가까워지고 자식은 여전히 부모만 쳐다보는 일이 생긴다.

다 큰 자식을 업고 다닐 수 없다. 스스로 걷게 하고 스스로 뛰게 해야 한다. 그러니 꼭 홀로서기를 해야 한다.

한정식 한 상을 다 먹은 E는 자리에 일어난다. 근처 공원을 가볍게 걸었다. 하늘의 구름이 참 예쁘다. 혹독한 인생을 살아가지만 그래도 이렇게 아름다운 하늘을 바라보고 산다. 누구나에게 저 아름다운 하늘은 고개만 들면 주어져 있다.

불안이 있어야
뭐라도 한다

Kim ji yeon 2024

한우 안창살
-
손절

어려울 때 도와주면 나중에 어떻게 될까? 그 사람이 많이 고마워 하고 은혜를 갚을까? 덕을 베풀면 다 돌아온다고 그러니 덕을 베풀어라고, 도움이 필요한 사람은 그렇게 말한다.

그런데 다 그런 건 아니다. 됨됨이가 된 사람은 은혜를 갚을 지 몰라도 그렇지 않은 사람은 오히려 해를 끼치려 든다. 한번 안 좋게 엮인 사람은 끝까지 안 좋다. 특히나 시기, 질투가 많은 사람은 도와줘봐야 나중에 계속 도움만 더 바래서 끝끝내 힘들게 한다.

인생에서 손절은 지혜다. 내가 그 사람을 바꿀 수 없다. 모든 것은 사람과 사람 사이에서 문제가 생긴다. 나 자신을 갈고 닦는 것보다 불필요한 인간관계를 정리하는 것만으로도 인생이 많이 개선된다.

문제는 내가 언젠가 큰 도움을 줬던 사람과의 인연을 끊는 건 쉽지가 않다. 나를 힘들게 했던 사람과는 선을 그을 수 있어도 내가 아꼈던 사람에게는 객관적이지 못하다. 그건 그 사람에게 뭔가 기대하는 것이 있기 때문이다. 내가 못되게 군 사람에게는 나도 알아서 피할 수 있지만 내가 정을 베풀었을 경우는 다르다.

한우 안창살은 생고기부터 아름답다. 굽지 않고 먹어도 살살 녹을 만큼. 숯불 위에 올려 뒤집어가며 구우면 그 모양새가 아름답기 그지없다. 육즙은 촤르르르 고기는 야들야들하다. 단점은 오직 비싼 것 하나밖에 없다.

누군가를 도와주면 나도 덕을 볼 줄 알았다. 다른 사람의 불행을 모른척하는 것보다 그래도 조금이라도 도와줘야 편한 것이 사람의 마음이다. 사람의 본질을 깊숙이 파악하지 못하고 그저 준 만큼 돌려받을 거라고 생각했다. 그런데 아니었다. 시기 질투가 많은 사람은 자기를 외면 사람은 평생 원망하고 도움을 준 사람은 가볍게 생각한다.

어떤 연유를 한번 도움을 주었다면 그것으로 끝이다. 나중에 덕으로 돌아오고 그런 건 없다. 괜히 기대했다가는 또 도와달라고 한다. 거지도 한번 밥을 주면 계속 밥을 달라고 온다. 다시 못 오게 하려면 처음에 주면 안 된다. 지난 번에 도와줘서 고맙다고 이번에는 내가 밥을 사겠다고 말하는 거지는 없다. 스스로 일하게 만들려면 그저 도와주는 것은 방법이 되지 못한다. 조금 도와주면 다 될 것 같지만, 현실은 안 그렇다.

한우 안창살을 먹으며 k는 언젠가 자신이 아니었으면 완전이 인생이 끝났을 지도 모를 그 사람을 지우기로 한다. 그때 그 사람은 거의 모든 사람들에게 외면을 당했다. 그때 손잡아준 사람은 k 하나뿐이었다. 그는 k 덕분에 인생의 위기를 넘겼다. 그리고 인생에서 큰 고생길에 올랐으므로 사람도 바뀌고 성숙해졌을 거라고 기대했다.

하지만 그것은 오산이었다. 그 이후에도 그는 언제나 자기 이야기만 했다. k의 안부를 물은 적이 없다. 자신이 크게 성공하여 자산가가 되었다며 너스레를 떨었지만 그가 가지고 있는 부동산의 대부분은 레버리지였다. 그리고 k가 병이 걸렸을 때 뭔가 불편해하며 뜸해졌다. 늘 도움을 받을 거라고만 생각했지만 도움을 줄 수도 있게 될 거라는 생각은 해 본 적이 없어서다.

안창살은 적당히 익힌 고기가 부드럽게 씹히며 목넘김마저 환상적이다. 구이로 먹어도 좋고 설렁탕에 들어가도 환상적인 안창살. 고기 굽는 냄새 마저 좋다. 아차 하면 타버릴 수 있으니 적당히 불판에서 내려놓는다. 한우 안창살은 특히 구운 김에 싸먹으면 맛이 일품이다.

k와 그 사람은 각자 살아있지만 죽은 것과 마찬가지로 다시는 보지도 않을 것이고 없는 사람으로 여길 것이다. 스스로 호구였음을 인정하는 것이 얼마나 비참한가. 하지만 한우 안창살을 먹고 있으니 그 괴로움도 잊게 된다.

도움이 필요한 사람에게 도움을 주는 것은 옳다. 다만 시기 질투가 많은 사람은 절대로 도와주면 안 된다.

외면이 답이다.

어떤 사람인지
제대로 알기나 하고
도와줬는가

혼자 착한 일 했다고
뿌듯해한 것은 아닌지

소불고기

－

지금의 행복

e는 오랜만에 대학 때 친구들끼리 모였다. 음식은 인원 수보다 많이 시켜서 아주 푸짐했다. 우선 술부터 몇 병 시켰다. 풋풋할 때 만나 이제는 중년이 되어 함께 늙어가는 중이다. 그래도 친구들 만나면 다시 20대로 돌아간듯이 가슴도 설레고 기분도 좋아지고 목소리에 힘도 들어간다.

처음 친구를 만날 때만 해도 학년이 바뀌면 멀어질 거라고 생각했다. 그러다 졸업하면 또 멀어질 거라고 생각했다. 그러다 각자 취업을 하면 멀어질 것 같았다. 그리고 결혼을 하고 나면 소원해질 거라고 생각했다. 그런데 놀랍게도 함께 어울린 네 명의 친구들 모두 아무도 멀어지지 않고 서로 소식을 주고 받고 이렇게 지금까지 식사 자리를 갖는다. 누구 하나 너절한 자랑을 하는 일도 없고 앓는 소리를 하는 경우도 없다. 평범하고 평탄한 삶이었다.

산더미 서울식 옛날소불고기가 나오는 맛집이다. 손님도 많다. 재료를 아끼지 않아서 아주 푸짐하게 먹을 수 있다. 옛날불고기에 한번 입문하면 빠져나올 수가 없다. 양의 푸짐함과 고급스러운 맛까지. 또힌 숙주나물과 버섯 등 채소도 듬뿍 올려 샤브샤브와는 또 다른 특별한 맛의 즐거움이다. 서울식 소불고기의 팬은 가운데가 움푹 올라오고 가장자리가 패여 육수가 끓고 그 속으로 고기와 야채를 넣는다. 빳빳한 생채소도 뜨거운 물속에서 부드럽게 익어간다.

중년을 지나는 동안 아무도 이렇다할 굴곡이나 풍파 없이 자기의 삶을 잘 지켜왔다. 이렇게 함께 늙어가는것도 기적이다. 살아가면서 헤어질 일이 너무나도 많다. 앞으로 나아가기 위해 버려야만 하는 것들. 오랜 시간 서로에게 폐를 끼치지 않고 살아온 것만으로도 참 기적과도 같다. 거짓말을 하거나 돈을 빌리거나 사기를 치는 일 없이 아주 평범하게 살아왔다. 네 명의 친구 모두 안정적인 직업을 가지고 있었고 성실하게 자리 자리를 지키고 있다. 소원해질 만한 시기도 참 많았는데 늘 잊지 않고 이어지는 인연이 신기할 정도다.

오랜만에 만나 힘들고 어려운 이야기를 늘어놓으며 도움의 손길을 바란다면 다음에 다시 보기 어렵다. 친구들 상대로 영업을 하면 더욱 그렇다. 희한하게 부탁을 거절한 사람이 야속한 사람이 된다. 부담을 주고 약속을 안 지키는 사람은 따로 있는데.

서울식 옛날 소불고기를 먹으며 지금의 행복에 감사한다. 내년에도 내후년에도 앞으로도 영원히 이렇게 아무 일 없이 한결같이 보낼 수 있기를 바랬다.

길이 아니면 안 가는 삶이라야 또 우리가 함께 편하게 만날 수 있겠지.

웃으며 헤어진 지금이 마지막이고, 다음에는 만날 수 없을 지도 모르지만.

나이 들어도 예전처럼 살 수 있다면
늙지 않은 것이다

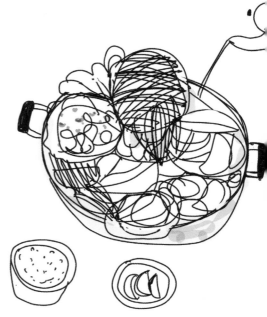

kimjiyeon 2024

네가 떠나든
내가 떠나든
아무튼 다 떠나보내고 나서
아는 사람 마주치지 않는
낯선 동네에서 먹는
밥 한끼

그렇게 행복할 수가 없다

Chapter 2. 양식

카르보나라

\-

외도

전화벨이 울렸다. z는 전화를 받지 않았다. 그 일이 있었는지 벌써 한달이 지났다. 아직도 정리되지 못한 게 있는 걸까?

창문에 '임대문의'가 붙어진 건물을 물끄러미 바라보았다. 그곳에는 원래 양식집이 있던 자리다. 파스타 전문점으로 특유의 분위기가 있던 곳이다. 확장 이전을 한 것도 아니고 동네 사람들에게 인정받지 못해 접은 장사인 것 같았다. 작은 골목으로 들어온 자리, 워낙 유동인구가 없는 거리이긴 했다.

그곳에서 마지막으로 한달전쯤 혼자 카르보나라 파스타를 먹었다. 그때는 이 식당이 영업을 종료할 지 몰랐다. 지금 그 식당을 살짝 들여다보면, 간판도 그대로고 안을 들여다보면 집기도 그대로 있다.

아직 새주인을 찾지 못한 모양이다. 거기서 먹었던 하얀 크림소스에 꾸덕한 맛이 있던 파스타가 혀끝에서 살아난다. 면은 꼬들하고 양은 적은 편이었다. 먹고 나면 느끼함이 남아 다음에는 토마토 파스타를 먹겠노라고 생각했지만, 매번 카르보나라를 선택하곤 했다.

늘 아니다 싶었지만 그녀에게 돌아갔던 z의 우유부단함처럼. 카르보나라는 만들기 어려운 메뉴라서 외식 때 고르게 된다. 또 잊을만 하면 생각나는 음식이기도 했다.

그녀에게 남자가 생긴 것은 알고 있었다. 그녀는 z와 함께 하면서도 새로운 사랑을 시작했다. 그녀는 즐거워 보였고 생기가 돌았다. 그녀는 두 남자 사이를 오갔다.

문득 배신감이 들었고 화가 났다. 어째서일까? 이제 그녀와 헤어져야 하기 때문일까? 아니면 원래 내것이었던 것으로 남에게 빼앗겼기 때문일까?

카르보나라의 하얀색은 웨딩드레스의 빛깔같다. 순결하고 순수하다. 흰색 원피스을 입고 데이트에 나오던 그녀의 모습이 생각났다. 내가 보는 것이 그녀의 전부는 아니다.

그녀가 감추는 것은 굳이 알고 싶지 않다. 흰색은 많은 비밀을 가지고 있는 신비로운 색이다.

카르보나라 파스타, 포크를 돌돌 돌려서 한입 먹어본다. 면과 소스가 아주 뜨겁다. 드문드문 들어 있는 베이컨 고기가 부드럽다. 붉은 빛깔은 생의 단면을 잘라놓은 것 같다.

고민 끝에 먼저 그녀에게 헤어지자고 말했다. 만일 그녀에게 그냥 좀 섭섭한 것이 있어 헤어지자고 했다면 먼저 이별을 고해놓고 매달렸을 것이다.

그녀의 배신을 알았기에 그냥 완연히 돌아섰다. 그녀는 할 말이 더 있는 듯, 진실도 오해라고 말하고 싶은 듯 z의 곁을 맴돌았다.

사람과의 관계란 헤어지자는 말 한마디로 딱 끝날 수 있는 게 아니긴 했다. 아직 그녀는 z의 삶에 있다. 그녀가 생각날 때마다 그녀를 떠올리는 대신 카르보나라를 먹기로 했다.

그 가게에서 카르보나라를 먹던 날, 그녀와 헤어져야겠다고 생각했다. 형언할 수 없는 포만감이 용기를 주었다. 그녀 없이도 살아갈 수 있다고. 결심을 하고나니 마음이 가벼워졌다. 사실 좋아하지 않은 메뉴였는데 혼자서 진지하게 먹어보니, 카르보나라의 진짜 맛을 알게 되었다. 얼큰함과 알싸한 맛 같은 것은 없는 묵직하고 진중한 맛.

그녀에게서 전화가 온다. 그녀는 z를 아직 놓아주지 못했다. 그녀는 왜 많은 사람들 틈에서 떠도는 것일까? 사랑은 하나인데 여러 개로 쪼개서 부유하는 걸까?

'임대문의' 표시가 붙은 레스토랑을 비켜가면서 z는 생각했다. 진짜 사랑이란 잃어버린 것만 가능하다고. 마침 하늘에서 빗방울이 떨어졌다. 먹구름 한 점 없이 하늘빛의 흔들림도 없이 물방울이 뚝뚝 떨어졌다. 그 작은 물방을이 z의 마음 속으로 들어와 강이 되었다.

싸우나 안 싸우나
결과는 같다.
싸우는 건 사실 소모적인 것이다.
사람은 자기 편한대로
선택한다.

져줄 사람이라면
내가 웃는 얼굴일 때
알아서 한다.

Kim jiyeon 2024

뇨끼
-
홀림

양식집에서 혼밥을 할 때 주문하기 좋은 메뉴는 뇨끼다. 파스타 대신 선택하곤 했는데, 한국식 입맛에는 파스타 면의 이질감이 있다면 뇨끼를 먹어보길 권한다. 리조또와는 다른, 크림 소스를 즐기면서도 편하게 먹을 수 있는 양식 메뉴이다. i는 크림 양송이 뇨끼를 주문했다.

먼저 식전빵이 나왔다. 올리브오일에 찍어서 먹어본다. 식전빵이 따뜻하다. 양식에는 다른 곳에서는 주지 않는 식전빵이 나와서 좋다. 붉은 빛의 피클을 셀프바에서 가져왔다. 맞은 편 자리에는 이제 시작하는 연인들이 식사 중이다. 그들은 상대방에서 보여주어야 할 것과 감춰야 할 것을 잘 알고 있는 것 같았다. 사람은 서로 가까워지면서 보여주면 안 되는 것을 노출하고 알려줘야 하는 것을 감추면서 결국 멀어진다. 그들에게서 감도는 묘한 분위기와 가게 안에 흐르는 조용한 음악 소리가 꽤 잘 어울린다.

누군가와 가까워지는 일은 역시 멋진 일이다.

여기 뇨끼는 감자로 만든다. 안에 치즈가 조금 들어 있어 식감이 좋다. 물론 치즈볼과는 다르다. 꾸덕한 화이트 소스와 양송이 버섯, 그리고 브로콜리와 베이컨이 어우러진 양송이 뇨끼. 양은 많지도 적지도 않다. 파스타의 면과는 다른 느낌이다.

i에게 특별한 사람이 생겼다. 그 사람의 얼굴에는 빛이 났다. 마음이 설레고 하루 중 그 사람을 생각하는 시간이 늘었다. 이런 기회도 정말 흔치 않다. 맛있는 음식을 먹으면 같이 먹고 싶고 지금쯤 뭘하고 있는지 궁금해지기도 한다. 그 사람의 연락이 반갑다. 그 사람에게 먼저 문자를 보내면 답장을 기다리게 된다.

처음 만날 때는 예의를 다한다. 그런데 이별할 때는 어떠한가? 잠수 이별도 있고 일방적인 이별도 있다. 이별에는 예의가 없다.

사람 사이의 처음과 끝은 이토록 다르다. 어떻게 헤어질 지에 관해서 생각하고 사람을 만나지 않는다.

앞으로 보지 않을 사람에게 최선을 다하지 않는다. 그건 감정 낭비, 시간 낭비다.

어떤 이는 사랑을 해서 점점 잘 되는 사람이 있고 어떤 이는 사랑을 해서 자기 자신을 다 잃는 경우가 있다. 건강한 사랑과 병든 사랑. 두 가지의 사랑이 있지만 선택을 할 수 있는지는 의문이다. 누굴 사랑하느냐에 따라 해피엔딩과 새드 엔딩이 갈린다. 사람을 잘 못 골라놓고 바람직한 사랑을 하기는 어렵다.

i는 간만에 마음에 들어오는 사람을 만났다. 이번에 놓치면 또 사랑이 올지 의문스러웠다. 그녀는 어떤 사람인가. 그녀는 말투나 행동이 고급스러웠다. 수많은 사람에 자신을 선택해준 것에 고맙기까지 했다.

현재 경제적으로 녹록지 않았지만 어딘가 모르게 품위가 있었다. 그에게는 형편에 맞지 않은 세련됨이 있었다. 그는 부유한 가정에서 풍족한 어린 시절을 보냈다고 했다.

부모님도 엘리트고 대단한 사람이라고 한다. 아버지의 사업이

기울어져 경제적인 어려움이 시작되었다고 한다. 하지만 언제나 옷차림에 신경 써서 품위를 지켰다. 그 사람에게는 뭔가 몰락한 귀족이나 왕족같은 같은 아우라가 있었다. 뭔가 일생에 한두번 정도 엮일 정도로 특별한 사람으로 여겨졌다.

i는 그녀의 이야기를 들으면 잠시 몰입했다. 약간의 동정도 되고 무시하면 안 될 것 같고 찢어진 소설 속에 주인공이 된 것 같은 그런 느낌이 들었다. 그리고 그 속에 휘몰아치는 어떤 감정 속으로스스로를 내맡겼다. 뭔가의 카타르시스가 느껴졌다. 이전에는 해보지 못한 경험이었다.

여기 뇨끼는 느끼하지 않아서 좋다. 뇨끼 개수가 많지는 않지만 한개 두개 먹다 보면 배부르다. 스푼으로 소스를 떠먹는다. 파스타 먹을 때와는 느낌이 다르다. 뇨끼를 먹으면서 왜 자꾸 파스타 새생각을 하는 건지, 그녀를 생각하니 마지막으로 만났던 누군가가 생각난다.

i는 그 사람에 대한 감정이 무엇인지 객관적으로 생각해 보았다. 누군가는 사랑이란 것을 해서 다 잃는다. 누군가에는 사랑을 해서 점점 더 발전하고 풍요로운 삶을 얻는다. 놀랍게도 다 잃게 되는 사랑이 더 격정적이다. 그 사람에 대한 감정은 무엇을 향해 있는가. i는 뇨끼를 먹으며 생각한다. 그 사람을 보면 내가 가진 것을 주

고 싶고 다른 사람 것도 그 사람에게 바치고 싶다. 그럼 그 사람은 나에게 무엇을 해줄 수 있을까?

뇨끼를 다 먹어갈 즈음에 i는 생각했다. 이것은 사랑이 아니라 홀림이라는 것을. 그 사람을 가까이하면 행복에 이르기 보다 달콤함에 취해서 간이고 심장이고 다 빼주고 텅빈 삶이 될 거라는 미래가 보였다.

그래, 잠시 홀렸다.

불행에도 멋진 향기가 나고 짙은 색깔이 있다. 잠시 불행의 아름다움에 경도되었다. 밝고 긍정적인 행복이 사소해보이고 유치해보이는 착각마저 들었다.

i는 뇨끼를 싹싹 다 먹었다. 맞은편의 시작하는 연인들은 식사 중이다. 남자가 갑자기 자리에서 일어나 담배를 피우러 간다. 남자의 걸음걸이에 많은 것이 담겨 있다. 테이블에 혼자 남겨진 여자는 화장을 고친다. 식사가 끝나갈 때쯤 알았다. 남자는 사실 친구의 애인이고 여자는 몰래 그를 만났다. 그리고 오늘은 그들이 이별하는 마지막 식사자리라는 것을. 누군가의 이별여행 같은 식사자리에 공존하고 있다는 사실에 조금 현기증이 났다. 다른 사람의 마지막

을 보면 식사를 하는 일. i는 힐끔 시계를 보았다.

사람에게 잠시 홀렸다. 불에 타들어가는 나방처럼, 세이렌의 노래소리를 듣고 폭풍우에 빠지는 것처럼, 잠시 홀려서 스스로를 잊었다. 현재를 제대로 인식하지 못하고 과거의 영광 속에서 사는 사람과는 건강한 사랑을 할 수 없고 행복한 미래를 꿈꿀 수 없다. 그 사람에게 과거의 영광을 찾아주면서 i는 스스로 텅 빈 인생이 될 것이라는 예감이 들었다.

잠시 사랑에 미쳐 헤까닥해서 모든 것을 버린 사람들은 참 많다. 그들에게도 다 이유는 있다.

이제는 더 연락하지 말아야겠다. 비로소 불행에는 본연의 악취가 난다는 것을 깨달았다. 겨우 정신차렸다. 뇨끼 한 접시가 정신차리게 했다. 그녀가 또 생각나면 또 여기 와서 뇨끼를 먹어야겠다.

마음의 허기를 달래는 뇨끼.

단념을 하고도 여전히 심장은 뛴다.

고구마피자

–

n잡

피자 도우는 두꺼운 게 좋다. 가장 자리에서는 크러스트가 들어
가면 더욱 맛있다. 달콤한 고구마 무스에 모짜렐라 치즈가 듬뿍 올
라가 있다. 고구마피자는 y의 최애 피자다.

집앞에 새로 생긴 피자 가게에서 고구마피자 한판을 포장해왔
다. 포장 박스가 뜨끈뜨끈하다. 새로 생긴 가게라 손님이 많지 않
다. 홀 매장도 굉장히 깔끔하게 꾸며져 있는데, 놀랍게도 노키즈존
이다. 친절한 여사장을 보고 약간 걱정이 되었다. 가게는 2층에 있
었는데 올라오는 계단이 좀 가파르긴 했다.

피자 가게에서 아이 손님을 받지 않는다니, 오래 가는 가게가 될

지 불안해졌다. 그래도 피자가 맛있으니 어떻게든 버틸 수 있을 거라고 생각했다. 나중에 친구가 오거든 홀에서 피자를 먹어보겠다고 생각했다.

피자는 라지 사이즈다. 혼자 먹으니 한 끼로 2조각 정도 먹는다. 냉장고에 두고 여러 번에 걸쳐 먹는다. 피자를 꽤 맛있게 한다.

20대라는 청춘. 많은 기회가 있다. 회사를 자주 옮기는 것도 더 나은 길이 있을 것 같기 때문이기도 하다. 이 회사, 저 회사를 기웃거리며 나에게 맞는 일을 찾아 떠난다.

결국은 조금이라도 편하고 조금이라도 더 주고 조금이라도 사람들이 더 순한 회사를 찾게 되지만 사실 거기서 거기다.

대학 전공을 살리지 못했을 때 심리적으로 타격이 왔다. 그래도 일하는 게 맞아야 할 수 있다. 회사를 다니다보니, 다른 업종이 좋아보였다. 세상에 재미있는 일이 많아 보이고 그들은 돈도 잘 버는 것 같았다.

카페에서 커피를 마시러 가면, 바리스타가 되고 싶다는 생각을 했다. 여행 가이드로 일하면서 맘껏 여행을 다녀보고 싶기도 했다. 어떻게 노래 한 곡을 멋들어지게 불러서 가수가 되어 보고 싶기도 했다. 저 사람도 하는데 나라고 못할 것도 없지. 좀 더 수준 있고 깊이있는 삶을 위해 대학원에서 진지하게 공부를 해보고 싶기도 했다.

　돈 많이 버는 직업은 따로 있다고 한다. 아예 전문직으로 전환하기 위해 의사나 한의사, 치과의사, 세무사, 변호사가 되기 위한 준비를 하기도 한다. 꿈을 위해 전공을 살려 일하다가 차디찬 현실 앞에서 좌절하고 그래도 잘하는 게 공부라 다시 수능 준비를 하거나 공무원 시험을 준비하기도 한다. 이 사람, 저 사람 만나면서 여러 이야기도 듣는다.

　쇼핑몰을 하면 돈을 잘 번다던데, 쇼핑몰이나 한번 해볼까 싶어 알아 본다. 위탁부터 사업까지 공부해본다. 동대문 시장에 몇번 나가본다. 가봐도 뭐가 뭔지 모르겠다.

　주식 투자를 해야 돈을 잘 번다던데, 종목을 살펴본다. 누구는 전업투자자로 평생 출근 안 하고 주식으로만 먹고 산다고 한다. 우와, 정말 좋겠다. 저 사람도 하는데 나도 한번 해 보고 싶어진다.

　부동산 투자를 해야 돈을 많이 번다던데, 경매 학원에 등록해보고 임장도 다녀본다. 신규 분양하는 아파트를 알아보기도 하고 재개발 단지를 방문해보기도 한다.

　직원으로 일해서는 돈을 벌 수 없다고 한다. 직접 사업을 해야 돈을 번다고 하는데 이 참에 사장이나 되어 볼까 한다.

　돈벌이를 알아보느라 그 돈벌이에 대한 길을 찾는 것만으로도 상당한 비용이 든다. 수많은 책을 읽어도 겨우 얻어낼까 말까하는 인생의 귀한 교훈을 어찌 돈벌이로 나선 핵심강좌에서 얻으려 하는가? 인생의 교훈은 맞춤형이라 자기만의 방식을 찾아야만 하는 것이다. 그냥 돈은 돈버는 걸 가르쳐주는 강사만 돈 버는 것 같다. 그러고보니 돈 버는 법을 알려준다는 수업들이 참 많이도 생겼다.

누군가에게 배워서 하려는 것은 어리석은 생각이다. 인생 쉽게 사는 족보 같은 건 없다. 직접 부딪히고 시행착오를 겪어야만 내것이 된다. 인생이란 수학 문제 풀듯이 배워서 살아가는 것이 아니다.

세상에는 정말 너무나도 많은 길이 있다. 혹하는 길도 많다. 남들 잘 사는 모습을 보면, 나도 따라가보고 싶다. 그냥 말만 들어서는 현실을 알 수 없고, 잘 알지도 못할 때는 그게 다 좋아보인다. 하지만 그건 결국 껍데기만 보고 하는 생각이다.

사람은 본질을 볼 줄 알아야 한다. 그러면 내것과 남의 것이 구분이 된다. n잡이라고 하지만 결국은 고단해지기만 한다. 일만 많이 벌여놓은 셈이 되고 진짜 무언가를 얻는 것은 쉽지 않다.

보통 사람에게는 하나의 길만 주어져 있다. 한가지 길을 잘 간다고 해서 또다른 일도 그처럼 잘 되기는 쉽지 않다.

사람에게는 두 개의 길이 주어지지 않는다. 두개의 길을 갈 수 있을 것 같지만 결국에는 운명처럼 하나의 길만 허락되어 있다. 1인 1인생이다. 이 세상에 많은 사람이 있지만 한 사람을 사랑해야 하고 이 세상에 많은 일이 있지만 한 가지를 선택해야 한다. 사랑하는 사람이 많고 하는 일이 많으면 든든한 것 같지만 그 결말은 다이내믹해진다. 사람의 능력이란 한정적인데 여러 갈래로 쪼개지면 그 힘이 약해지기 때문이다.

피자의 치즈가 쭉 늘어난다. 약간의 우유맛이 나면서 치즈가 아주 맛있다. 쫀득쫀득 식감도 좋다. 엿처럼 달라붙지 않고 두부처럼 바스라지지 않는 적당한 식감. 두 조각 정도 먹으니 어느 새 배부르다.

사업을 벌이고 망한 케이스는 정말 많다. 주식으로 쪽박을 차고 아파트 잘못 사서 평생 이자를 갚으며 인생을 보내기도 한다. 쇼핑몰을 차려봤자 광고 안 하면 안 팔린다. 광고비는 배보다 배꼽이 더 크다. 공부를 잘해서 시험에는 합격해도 출근해서 일해보면 또 다른 현실이 펼쳐진다. 좋아하는 것이 직업이 되면 싫어진다. 진상 손님이라도 만나고 싶을 정도로 내 가게를 찾아오는 손님은 적다.

남의 인생에 대한 관심은 좋다. 하지만 관심으로 끝나야 한다. 남들도 보여주고 싶은 것만 보여주고 감추고 싶은 것은 절대 보여주지 않는다. 남이 자신을 오픈할 때는 다 이유가 있다. 진짜 중요한 것은 알려주지 않는다. 다른 사람의 이면을 나의 실패를 통해 볼 필요는 없다. 그건 타인의 비밀의 나의 비밀이 되는 것이다.

나의 길은 지금 이 길이니 이 길에 만족하며 부단히 걸어가야 한다.

세상에 돈이 되는 건 많다. 하지만 내가 낄 수 있는 지는 검토해 봐야 한다. 간절해야만 인연이 된다. 간절해야만 계속 할 수 있다. 간절함이라는 것도 결과 없이 유지될 수 없는 것이다. 사람이 아주 간절할 수 있는 건 보통 한가지다. 많은 것에 간절해질 수 없다. 그러니 n잡이라는 것은 그저 여기저기 기웃거리며 시간만 허비하는 일이 될 수 있다. 실패의 리스크를 줄이기 위해서 몇가지 플랜 b만 만들어 놓으면 되는 것이다.

고구마피자를 먹으며 생각한다. 오늘 한 판을 혼자 다 먹을 수 있는 게 아니다. 스스로를 과신하지 말자. 일단은 지금 하고 있는 일에 몰입해 보려고 한다. 힘들어도 하다보면, 나만의 간절함이 생긴다면 그때는 진짜 인연이라고 생각하기로 했다.

시행착오 끝에 길을 찾게 된다

Kimjiyeon 2024

샐러드
-
교육비

샐러드에는 다양한 채소가 들어 있다. 치커리와 양상추, 자색 양배추와 아스파라거스. 샐러드를 잘 못하는 집은 그냥 샐러드를 씻어서 물기를 툭툭 털어서 쌓아놓기만 한다. 그리고 겉에 드레싱만 뿌려서 내어놓는다. 그냥 풀 먹는 느낌이다. 샐러드 맛집은 다양한 재료를 조합하여 적절한 드레싱으로 하나의 멋진 요리로 탄생시킨다. 샐러드 맛집에서 진짜 훌륭한 샐러드를 먹으면 샐러드의 매력에 반하게 된다.

채소는 매우 신선하다. 샐러드를 가장 빛내는 건 바로 리코타 치즈. 한 스쿱 떠서 올린 아이스크림 모양의 리코타 치즈는 부드럽고 진한 맛이다.

또한 포만감을 위하여 조금의 현미밥이 들어 있다. 소고기 스테이크가 올라가 있는데 채소와 아주 잘 어우러진다. 연어샐러드도 참 좋아하는데 오늘 고른 샐러드는 스테이크 샐러드이다.

y는 딸의 학업으로 고민이 많았다. 딸아이는 이제 10살이다. 아이에게 좋은 환경을 제공하고 싶었다. 학교를 홍보하는 홍보담당자들이 입학 설명회를 열었다.

정말 다양한 학교들이 있었다. 기숙사를 제공하고 아이에게 맞는 미래지향적 교육환경을 제공한다고 하니 마음이 혹했다. 딸아이는 교우관계가 그다지 좋지 못하고 얼마전 담임 선생님과의 상담에서도 그리 좋은 좋은 평은 듣지 못했다. 앞으로 개선해야 할 부분이 많았다. 아이가 유치원생일 때부터 유명 학원의 설명회에는 참으로 많이 다녔다. 영재반이라는 것도 알게 되어 관심이 많았다.

그러던 어느 날 마음에 드는 학교가 생겼다. 공교육과는 달리 많은 학비와 부대비용이 들어 갔다. 게다가 집에서 먼 곳이라 아이와는 떨어져 지내야 했다. 일반 학교에서도 고등학교에만 들어가면 사교육비가 어마어마하다고 한다.

비싼 학교인 만큼 경제력이 있는 집안의 아이들만 모이는 곳이 기도 했다. 소유하고 있는 아파트 한 채를 처분해서라도 아이에게 좋은 교육환경을 제공해 주고 싶었다. y는 결국 딸을 멀리 제주도로 딸을 보냈다. 딸은 기숙사에서 생활했고 놀랍게도 잘 적응했다. 엄청난 교육비가 들었고 y는 열심히 일했다.

경제적으로 큰 부담이 되긴 하지만 모두 자식을 위한 일이라고 생각했다. 돈이 없어서 못 보내지 능력만 되면 보내고 싶은 부모들도 많았다. 마치 그 학교만 다니면 꿈도 이루고 앞날이 창창한 것처럼 안심시켜서 결정을 하고 말았다. 설령 훗날 노후가 없을 지라도 지금은 만족한다. 그렇게 떠받들어 키우면 사회생활을 밑바닥부터라서 여러모로 어려워질거야. 다른 사람들이 y를 나무랐지만 들리지 않았다.

샐러드의 소고기가 연하다. 약간의 불맛이 나고 살짝 익혀서 식감이 좋다. 아삭한 채소와 더불어 먹으니 더욱 감칠맛이 난다. 설명회 때 설명하던 홍보 담당자의 말이 y의 불안감의 상당수를 가져갔다. 아마 그 홍보 담당자는 등록자를 유치하지 못하면 잘리는 거였을 수도 있었을 텐데. 그래서 y는 마음이 좀 편해졌다. 들으면 들을수록 안심시키는 말. 졸업자들의 성공 케이스를 들으니 더욱 마음이 동하다.

오빠의 딸도 중학교 때 한 고등학교 입시 설명회를 듣고 멀리 수도권 소재의 학교로 옮겼다. 말만 기숙사지 주말마다 집으로 오는 탓에 차비와 시간을 많이 허비했다.

고등학교 입시설명회에서 제시하던 찬란한 미래는 없었다. 수업도 설명회 때처럼 거창하지 않았다. 모든 것은 스스로 알아서 하는 것이었다. 졸업 후 다시 살던 동네의 대학을 다니고 있다. 하지만 y는 자신의 딸은 다를 거라고 생각했다.

살고 있는 곳에서 멀리 떠날 때는 재고를 해봐야 한다. 멀리 가면 마치 다른 세계로 가는 것처럼 착각을 한다. 거기 가만 다를 거야. 거기 가면 내가 기대하는 뭔가가 있을 거야. 그래서 서울 사는 사람이 제주도로 가고 지방 사는 사람이 서울로 간다. 누군가는 아주 멀리 해외로 간다.

거기 가면 분명 다를 거야.
막연한 기대감이다. 그래서 여행도 가고 이민도 간다.

하지만 사람은 결국 떠나도 자기 자리가 아니면 다시 돌아오게 되어 있다. 인생의 체계적인 계획은 남이 세워주는 것이 아니다. 내가 만들어가는 것이다.

일년에 책 20권만 읽어도 얻을 인생의 지도를, 큰 돈을 들여 이사를 하고 교육비를 내면서 얻어가려고 한다. 스스로 찾기 보다 남이 찾아주길 바래서이다.

집을 매수할 때도 중개사가 보여주는 걸 보고 덜렁 계약하는 게 아니다. 분명 가장 안 팔리는 것부터 높은 가격으로 보여준다. 살 듯 말듯 a급 좋은 물건 보여줄 때까지 시도해야 한다.

많은 물건 중 스스로 고르고 골라 구매하는 것이다. 남이 알아서 내가 원하는 것을 척척 이루어줄 거라고 생각하는 것은 매우 안일하다.

우리는 잘 모르는 것 앞에서 설명이 필요하다. 그래서 설명회라는 것을 듣고 중요한 결정을 한다. 그 사람들이 프레젠테이션하는 걸 무슨 시험 공부하듯이 보고 듣고 메모한다.

그리고 잘 안다고 착각하게 된다. 실수로 잊어버려서 소중한 것을 잃어버리는 일은 드물다. 실수는 어쩌다 일어나는 일이라 그 리스크도 적다. 욕심 때문에 그리고 속아서 큰 것을 잃어버리게 되는 것이다. 잃어버리고도 아주 한참 뒤에 없어졌음을 깨닫게 되는 것이다.

접시가 바닥을 드러낸다. 샐러드는 역시 맛있다.

다른 사람의 말을 듣고
중요한 결정을 하면 안 된다

오래 생각해보고
그 사람이 맞다고
생각해서도 안 된다

Kim ji yeon 2024

브런치 플레이트
–
놔주기

b는 하늘을 보았다. 하늘에는 구름 말고 별다른 게 없다. b의 눈동자는 잿빛으로 퀭하다. 그 뜨거운 시선으로 무엇을 그도록 태웠던가.

며칠간 너무나도 심란했다. 정리할 시간이 필요했다. 마음이 너무 어지러워져 이대로 폭발할 것만 같았다.

유명 브런치 가게에 들어섰다. 전원주택을 개조한 가게로 앞에는 마당이 있고 꽃밭이 있다. 전원풍의 인테리어로 들어오면서 힐링이 된다.

b는 브런치 플레이트를 주문했다. 프렌치 토스트에 소시지, 감

자샐러드, 고구마 포테이토, 베이컨이 구워져 나온다. 부담없이 가볍게 먹을 수 있는 메뉴다.

따뜻하고 환한 햇살이 깊숙이 내리비치고 자연채광에 주변이 화사하다. 창밖에는 아담하게 꾸며진 꽃밭이 있다. 천장 위에 샹들리에가 빛나고 은은한 음악소리도 들려온다.

얼마 전부터 몸이 아팠던 b는 병원에 다녀왔다. 몇번 검사를 한 끝에 큰 병임을 알게 되었다. 순간 머리가 띵해서 아무리 생각도 나지 않았다.

그 이후로 세상이 달라보였다. 너무 무서웠고 걱정이 되고 어찌할 바를 몰랐다. 이런 날이 올 줄 몰랐다.

남편은 무심했다. 아직 남편에게는 병에 걸린 사실을 말하지 못했다. 그는 늘 있던 일상대로 행동했다. b의 안색이 나쁘고 어딘가 불편한 데도 개의치 않았다.

오래전 힘들고 어려워졌을 때를 상상해보곤 했다. 그런 날이 오면 어떻게 해야 할까? 곁에 누군가가 있으면 되지 않을까? 그럼 덜 무섭고 무슨 방법이 있지 않을까? 의사에게 고치는 방법이 있는지 물어봤다. 그는 약간 곤란한 표정이었고 지금으로서는 다시 예전처럼 돌아갈 수 없을 거라는 답변을 했다.

그때부터 남편의 사소한 행동이 다 서운했다. 가장 가까이에서 나를 보살펴주고 지켜줄 줄 알았다. 하지만 그는 사소한 것에도 귀찮아했고 버거워했다.

건강하고 행복할 때는 그 사람의 진짜 모습을 찾아보기 어렵다. 사람의 진짜 모습을 보지 않는 것도 어쩌면 또다른 행복이다.

브런치 플레이트가 나왔다. 갓 구운 소시지와 감자 샐러드, 프렌치 토스트와 베이컨이 예쁘게 플레이팅 되어 있다. 포크로 베이컨을 집어 올린다.

기름지지만 고소한 그 맛이 일품이다.

병에 걸린 사실을 알게 되면 남편은 어떨지 사실 궁금하기도 했다. 그래서 어제 b는 조금 말했다. 그는 역시 당황했고 곤란해했다. 아마도 병원비와 간병에 부담을 느끼는 것 같았다. b는 조금 서운했다. 그래서 웃으며 곧 나을 거라고 걱정하지 말라고 했다.

소시지가 쫄깃하고 부드럽다. 프렌치 토스트는 달고 연하다. 남편을 억지로 곁에 붙잡아놓을 수 있을지 생각했다. 처음에는 그가 떠나가는 게 무서웠다. 혼자 남는 건 건강할 때도 두렵다. 이런 생각은 끝없이 b를 추락하게 만들었다.

하지만 내가 죽을 때까지 그를 붙잡아두고 내 삶 속에 가두어둔다고 무엇이 달라질까?

감자샐러드에 옥수수가 조금 들었다. 브런치 플레이트의 화려한

색감이 그 자체로 좋았다. 하나하나 먹으며 그 색감이 몸에 스미는 것 같아 약간의 떨림이 있었다.

접시의 바닥이 보인다. 너무 맛있어서 아무것도 남길 수가 없다. 식사를 마치며 b는 생각했다. 그를 놓아주겠다고. 그에게도 그만의 삶이 필요하다.

계속 내가 있어 줄 것도 아닌데 그도 그의 삶을 찾아야 한다. 그가 미안해서 곁에 있겠다고 해도 거절할 것이다. 그를 놓아주기로 하니 한결 마음이 편해졌다. 누군가를 붙잡는 것이 얼마나 힘빠지는 일인가. 그리고 얼마나 가슴 졸이는 일인가. 떠나가는 사람이야 가면 그만이지만 남은 사람을 어찌하겠는가.

반대로 그가 아프고 내가 멀쩡했다면 나는 어떻게 했겠는가? b는 쓴웃음을 지었다. 내가 그의 곁에 남는다고 해도 그도 그럴 거라고 생각할 수는 없다.

버림받으면 그가 나쁜 사람이 되지만 먼저 놔주면 내가 좋은 사람이 될 수 있다.

b는 냅킨으로 입을 닦으며 생각했다.

오늘은 그에게 꼭 헤어지자고 해야겠다.

혼자되는 것은
두려운 것이 아니다

Kim jiyeon 2024

수제버거

–

알바

한참 일을 쉬었던 b는 번화가의 수제 버거집에 아르바이트를 하게 되었다. 계속 취업에 실패하자 다시 알바를 하기로 했다. 알바도 오래해서 이게 편하다. 오픈한지 1년 된 매장으로 사장은 여러 매장을 운영하고 있었다. 사장이 상주하는 게 아니라서 일하기는 수월했다.

아르바이트를 하다 보면 별의별 사람을 다 만나게 된다. 그러면서 누구도 알지 못하는 b의 노하우가 쌓이기 시작했다.

출근을 하면 먼저 청소를 한다. 주방장은 따로 있어 포장된 음식을 전달하거나 주문을 받는다. 키오스크가 있어 주문 업무는 많지 않았다. 오는 손님에게는 정해진 멘트로 친절하게 응대했다. 어떤 손님의 b의 얼굴을 기억하기도 했다. 일을 하면서 문득 깨달은 것은 남의 일은 그렇게 열심히 할 필요가 없다는 것이다. 가끔 옆에 동료가 너무 열심히 일을 할 때면 부담이 되었다.

저러다 지쳐서 제풀에 그만두겠지. 일을 열심히 하는 사람들은 가만 보면 사연이 있다. 일을 열심히 해야 하는 이유. 가족을 부양해야 하거나 빚이 있거나. 그 이유가 알려지면 그 이유가 그 사람의 이미지가 되곤 했다. 그래서 그 사람을 보는 시선마저 달라진다. 집이 잘 살아서 놀 수 없어서 일은 취미로 한다던 어느 과장이 생각난다. 패션과 악세사리에 신경 쓰는 여자였는데 어느 날 그녀의 디스크가 터져서 좀 놀랬다. 어쨌든 일하러 와서는 가급적 자기 이야기는 하지 않는 것이 좋다.

배달 주문이 들어 왔다. 내역을 확인하던 b는 슬쩍 주방쪽을 바라봤다. 주방과 주방보조가 잠시 자리를 비웠다. 예전에는 의욕을 가지고 열심히 일하다 보니 주방직원과 언성을 높이고 싸우는 일이 많았다. 인생에서 열정이라는 것을 줄이고 나니 감정적으로 격해지는 일이 없었다. 횟집에서 서빙 일을 하던 선배는 손님이 팁을 주자 주방장과 크게 싸웠다. 왜 요리는 내가 했는데 팁은 네가 받느냐고 따졌다. 사장이 주방장 편을 들어서 횟집을 그만뒀다. 결과적으로 열심히 일하고 상처받고 잘렸다.

　b는 조용히 주문취소를 눌렀다. 그러자 주문한 내역이 없어졌다. 가끔 주문 취소를 따지로 오는 손님이 있는데 그럴 땐 스릴 있고 다이내믹하다.

　남몰래 하는 주문취소. 온몸에 전율이 일어나며 뭔가 재미있었다. 가끔 들어온 주문을 몰래 취소해도 아무도 몰랐다. 그럼 일 안 해도 되고 좀 쉬고 놀 수 있었다. 오는 손님을 가라고 할 순 없지만 배달주문은 취소를 할 수 있어 좋다.

　특히 홀에 손님이 아주 많을 때는 배달 주문은 한두 개 몰래 취소해버리곤 했다. 사장님 매장 점검 겸 방문할 때는 믿음직하고 공손하게 한번 웃어주면 되는 일이었다. 사장은 일이 할만하냐고 안부차 물었고 그럴 때마다 재미있다고 대답했다.

　세트 메뉴를 주문한 손님이 먹다가 와서는 콜라를 리필해 달라고 했다. b는 리필이 안 된다고 단호하게 거절했다. 원래 한번은 리필이 되는 건데 그냥 안 된다고 했다. 은행에 다니는 전 남자친구는 상사가 고객의 돈을 조금씩 빼돌리고 있는데 이걸 어찌해야 하느냐고 물어왔다. 뜬금없이 전화해서는 기대했던 다시 만나자는 말이 아니라서 황당했지만 굳이 나설 필요는 있겠냐고 말했다. 그 뒤로 그는 연락이 없다. 그도 그의 사수와 함께 나쁜 사람이 되었거나 부자가 되었거나 혹은 의문사를 했을 수도 있겠다.

한달 다니다 때려쳤던 첫 직장에서는 늘 밝은 얼굴로 사람들에게 공손하게 대하던 한 직원이 거액의 회삿돈을 횡령했는데, 그 직원 가족들이 모두 합심하여 돈을 숨겼다. 돈은 찾는 중이라던데, 원낙 바른 사람이라서 아무도 예상하지 못했다. 그런 일을 할 사람이라고 조금도 눈치채지 못했다. 돈만 꽁꽁 숨겨두면 감방 가서 몇 년 살다 오면 남는 장사가 아니냐며, 피식 웃던 한 선배가 생각난다.

일하는 곳이 수제버거집이다 보니 점심은 늘 수제버거로 먹었다. 커피 머신에서 커피를 뽑아마시기도 했다. 빵은 완제품으로 들어오는데 양이 좀 적지만 부드럽다. 패티는 갈아서 만들지 않고 고기의 질감을 살려 만든다. 야채도 신선하고 소스도 맛있다. 하나 먹으면 배 부르다. 퇴근할 때는 콜라도 한 잔 뽑아서 간다.

아르바이트하느라 노곤한 몸을 이끌고 잠에 드려는데 전화가 온다. 모르는 번호인가 했더니, 사장이다. 매장 여러 개를 돌리더니 전반적으로 매출하락이라 심기가 좋지 않다. 왠지 기분이 싸해서 전화를 받지 않는다. 그러자 문자가 온다.

"혹시 주문 온 거 마음대로 취소했어요?"

이제 그가 알았나 보다. b는 들통난 것을 알고 당황했지만 담담

했다. 뭐 그럴 수도 있지. 이 사람도 아주 큰 사업을 할 배포는 아니구나. 쪼잔하게 굴고. 일일히 감정을 쏟으면 사람이 살 수가 있나.

내일은 그냥 안 가야겠다. 사람 구하는 게 힘들 텐데? 천천히 답장을 보냈다.

"오늘 부로 그만둘게요. 알바비는 정산해서 주세요."

전화벨이 울렸지만 무음으로 바꾸고 잠을 청했다. 입속에서 달착지근한 수제버거 맛이 감돌았다. 이것도 세상을 살아가는 법이다. 걸리면 걸린 거고 안 걸리면 그만이고.

잠이 들려고 하는데 갑자기 요의가 생겼다. b는 그대로 잠이 들 것인지 화장실에 갈 것인지 고민했다. 그때 거인같은 흑백의 꿈이 b를 드리웠다.

b의 방이 환하다. 불 끄는 걸 깜빡했다.

Chapter 3. 일식

모듬초밥
-
이혼

    k의 남편이 연락을 해온 건 어제였다. k는 남편의 연락을 받고 그다지 기분이 좋지 않았다. 하지만 마음이 흔들리는 것도 어쩔 수 없었다. 세 딸들은 모두 반대를 했다. 다시는 아버지를 만나지 말아달라고 부탁하기도 했다. 22세가 되던 어느 여름날, 그를 처음 만나 결혼을 했다. 피부가 희고 이가 가지런한 그를 보고 첫눈에 반했다. 결혼 후 3년 만에 첫 아이를 낳았다. 작은 회사에 다니던 그는 어느 날 회사에서 나와 자기 사업체를 차렸다. 창업을 했지만 주변 사람을 힘들게 하지 않아도 모든 일은 그가 척척 알아서 다 해내었다. k는 그냥 육아와 집안 살림에만 힘썼다. 남편의 사업은

날이 갈수록 번창했다. 남편이 주는 생활비는 두둑했다. 남편은 몰래 자기만의 돈을 만들어서 k에게 알려주지 않았다. 세 딸들은 모두 결혼을 하고 집에 남편과 k만 남은 어느 날이었다. 남편에게 여자가 생긴 것을 알았다.

초밥을 선택할 때는 점심 특선, 평일 런치 등의 모듬 초밥을 좋아한다. 술을 좋아하지 않아 점심 특선 메뉴가 푸짐하고 가성비가 좋다. 우동이 함께 나오는 모듬초밥 세트 메뉴. 광어, 우럭, 숭어, 연어, 오징어, 유부 초밥 등 다양하게 있고 계란초밥과 새우 튀김도 있다. 와사비를 팍팍 풀어서 간장에 듬뿍 찍어서 먹는다. 초밥의 밥은 달달하니 고슬고슬하니 맛있다. 신선한 숭어회사 입에 착 감긴다. 밥보다 스시가 더 많아 더욱 맛있다. 모듬초밥 18피스. 그리고 작은 우동 한 그릇. 각각의 색다른 초밥을 보니 매해 달라지는 자신의 삶 같아 생각에 잠긴다.

남편의 여자는 이혼녀였다. 거래처를 통해 알게 된 여자였다. 그녀는 남편의 마음을 완전히 빼앗았고 재산 상당수를 빼돌렸다. 모른 척을 하자니 그것도 안 될 일이었다. 이혼을 원한 건 남편이었다. 모든 것은 끝이었다. 설득할 여력도 없이 조용히 이혼을 했다. 한평생 살고 그렇게 부부의 인연이 끝났다.

k는 혼자가 되고 나서 홀가분함을 느꼈다. 처음에는 분하고 배

신감이 들었지만 이렇게 혼자 살게 된 것이 너무나도 편했다. 결혼생활 중에는 늘 남편의 밥을 차려야했고 남편 옷을 세탁하고 다려야했다. 남편은 참 손이 많이 가는 사람이었다. 인생에서 남편이 빠지니 해야 하는 일이 절반으로 줄었다. 혼자가 되기 전에는 혼자가 되는 것에 대한 두려움이 있었지만 막상 경험해보니 편했다. 자유롭게 먹고 자고 놀러다녔다. 여고 동창들과 만나 유럽에 여행도 다녀왔다. 그렇게 평온한 날이 지속되던 어느 날이었다.

남편에게서 연락이 왔다. 이제 그녀와는 헤어졌다고 한다. 그리고 다시 재결합을 하고 싶다는 것이었다. 돈이 필요한 이혼녀에게 돈만 뺏기고 처량해진 모양이다. 더 받아낼 돈도 없으니 이만 버려졌나 보다. 아니면 그녀에게 새로운 물주가 생겼거나. k는 그냥 생각해보겠다고 했다. 세 딸들은 길길이 날뛰며 절대로 재결합을 해서는 안 된다고 반대했다. 딸들은 모르는 그런 게 있다. 청춘의 시절. 그 사람의 자상함. 그리고 함께 했던 긴 시절의 정. 그 사람을 다 안다고 생각했지만 그건 아니었다.

k는 스스로 한심했지만 그가 가여웠다. 그는 밥을 잘 챙겨먹고 있을까? 어디 아프지는 않을까? 많이 상처받았을까? 혹시 가족이 그리워서 그녀와 헤어졌을까?

광어초밥은 특히 맛있다. 너무 맛있어서 초밥 도시락 하나를 포장해가야겠다. 우리가 죽을 때까지 함께 할 줄 알았다. 사별이 아닌데 헤어질 줄 몰랐다. 우동의 따뜻한 국물이 k를 위로해준다. 그가 다시 전화올지 안 올지는 모른다. 그도 해놓은 짓이 있으니 다시 연락하기는 어려울 거다. 재결합도 진심이 아니라 그냥 해본 말일 수도 있다. 그가 만일 다시 전화가 온다면 k는 어떻게 말할 지 정했다.

그냥 이대로가 좋다고. 당신은 당신 나름대로 행복하라고.

혼자가 되어보니 그것도 괜찮다고. 초밥이 하나도 비리지 않고 참 맛있다. 생선회 숙성도 잘 되었다. 모듬초밥 한 접시를 먹으며 k는 더욱 마음이 홀가분해졌다. 아마도 배가 고팠으면 그를 많이 그리워했을 것이다.

행복했던 과거와
만신창이가 된 지금
그리고
모든 것이 극복된 미래

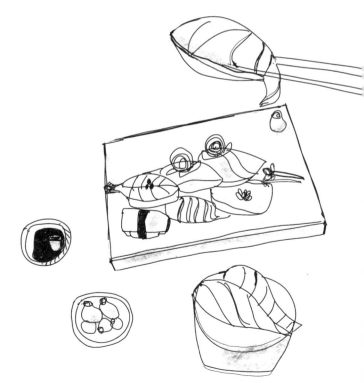

Kimj.yeu 2024

돈카츠
–
이별

t는 한숨을 쉬었다. 이런 날이 올 줄 몰랐는데. 며칠 전부터 아무 생각도 안 나고 세상이 정지된 것만 같다. 밥도 먹기 싫고 잠도 안 오고. 무기력하면서 때때로 분노가 치밀었다. 믿었던 것이 와르르르 무너지는 이 순간. 어떻게 해야 할지 몰라 정처없이 걷다 한 돈가츠 집에서 발을 멈추었다. 입맛은 없었으나 배는 고팠다. 조용히 들어가서 편하게 혼밥할 수 있는 바석에 앉았다. 메뉴판을 들여다 봤다. 뒷자리의 손님이 맛있게 식사를 하고 있다. 막상 맛있는 냄새를 맡으니 기분이 한결 나아졌다. 절망이 사라지고 뭔가 살고 싶

은 생각이 들었다. 며칠 잠도 제대로 못 자고 먹는 둥 마는 둥 해도 멍하기만 했는데 갑자기 허기가 물밀듯 밀려온다. 사랑했던 그녀가 떠났다. 결혼까지는 몰라도 영원히 함께 곁을 지켜줄 거라고 믿었다. 그녀가 떠나갔다. 믿을 수 없었다. 그녀는 이제 t의 전화를 받지 않는다. 문자에도 답이 없다. 아무리 불러도 이제 그녀의 목소리는 들을 수 없다. 왜 갑자기 그녀는 떠나갔을까? 이유라도 말해 주었으면.

돈가츠에는 안심과 등심이 있다. 늘 고민하지만 안심을 선택했다. 일본식 히레카츠. 선홍빛 고기 색을 빛내는 안심 카츠. 4조각이 나오지만 정말 배부르게 먹을 수 있다. 겉은 아주 얇고 굵직한 고기가 대부분이다. 그녀와 함께 했던 시간이 떠올렸다. 즐거웠던 순간. 앞날이 막막해도 함께 하는 누군가가 있는 것만으로 든든했다. 그런데 그녀는 아주 차가운 표정으로 모진 말을 하며 이별을 통보했다. 그녀가 미워졌다. 분명 그녀에게 이유가 있겠지. 어쨌든 배신한 건 그녀다. 그녀를 용서할 수가 없다. 그녀에게 준 선물도 아깝고 그녀와 함께 했던 시간도 아깝다. 절대로 되돌려받지 못할 것들이 너무 많다. 그녀 때문에 손해봤다. 되돌려받고 싶은 게 너무 많다. 음식이 나왔다. 4조각의 히레카츠. 그리고 부드럽게 채썬 양배추 샐러드. 그 위에는 들깨 드레싱이 올라가 있다. 따뜻한 장국

와 쌀밥도 함께 나왔다. 피클과 단무지는 셀프바를 이용한다. 마이야르 현상으로 히레카츠의 중간은 안 익은 것처럼 약간 붉다. 그 빛깔이 참 이쁘다. 이건 덜 익은 게 아니다. t는 한입 히레카츠를 먹었다. 눈물이 주르륵 나왔다. 그녀를 찾아가 그녀도 죽고 나도 죽어야겠다는 생각마저 들었다. 그때 한 남자가 식당으로 들어왔다. 자리도 많은데 하필 t의 옆에 앉았다. 그도 히레카츠를 주문했다. 그의 히레카츠는 t의 음식보다 더 빨리 나왔다. t는 눈물을 감추려고 고개를 돌렸는데 끄윽끄윽 소리가 절로 나왔다. 혼자 있고 싶은데 혼자 있기 싫은 그 마음. 히레카츠는 고기 육즙이 풍부하고 따뜻하고 부드럽다. 안심의 매력에 빠지니까 이제 다시 등심으로 돌아갈 수 없다. 옆의 남자가 혼잣말을 하듯 말을 걸었다.

"저 오늘 이혼했어요."

그는 밥을 먹으면 말했다. t는 물끄러미 바라봤다. 처음에는 전화를 하는 줄 알았다. "차라리 잘 됐지 뭐예요. 생각해보니 그 사람과 좋은 추억이 많아요." t는 가슴이 두근거렸다. "그때 그 사람 만나 즐겁고 재미있었어요. 지금은 옛날처럼 지내지 못하고, 그 순간들은 다 지나갔지만, 그걸로 됐어요. 세월이 가듯 그 사람도 갔어요." 남자는 담담히 말했다. t는 말했다. "히레카츠 정말 너무 맛있죠?"

t는 그와 속도를 맞추러 천천히 먹었다. 부드러운 안심을 씹으며

마음이 누그러지고 용서가 되었다. 마음 속에 핀 가시가 꽃이 되는 순간이었다. 그녀는 인연이 아니라서 떠나간 것이다. 붙잡는다고 돌아오지 않는다. 언젠가 돌아온다고 해도 받아주면 안 돼. t는 남자의 이야기를 일방적으로 들어주다가 한마디했다.

"더 좋은 사람 만날 거예요."

그때 남자의 눈빛이 반짝였다. 그 남자에게 해준 말이지만, t 스스로에게 해준 말이기도 했다. 지나간 세월이 다시 돌아오지 않듯 그녀도 돌아오지 않을 것이다. 이제 더이상 연락하지 않으면 그녀도 내가 마음을 정리했다고 생각하겠지. 들깨드레싱이 가득 올라간 양배추 샐러드는 부드럽고 싱싱하다. 이제 그녀를 잊을 용기가 생겼다. 따뜻하고 훌륭한 식사 덕분에.

함께 걷던 길에서
혼자 남아 걷는 일

갑자기 사라져서
네가 어디 갔나 했더니
내 마음 속에 난 길로 들어왔구나!

곱창덮밥
–
새로운 출발

　a는 무거운 발걸음으로 저녁을 먹으러 갔다. 기나긴 근무 시간이 끝나고 퇴근길. 전철에 사람이 무척 많다. a는 한숨을 쉬듯 탄식을 했다. 입맛도 없고 답답하다. 누구라도 붙들고 하소연이라고 싶은데 말할 사람도 없다. 아니, 정확히 들어줄 사람도 없다.

　이직만 3번째. 수많은 이력서를 내고 면접을 통과하고 직장인이 되어 일을 시작할 때의 산뜻한 포부. 그런데 회사를 다녀보면 현실은 달랐다. 이번에는 오래 다닐 거라고 생각했다. 적어도 주변에 또 회사를 옮겼다는 말을 듣고 싶지는 않았다. 어찌나 복이 없는지

가는 자리 마다 자주 사람이 바뀌는 자리다. 어떻게든 붙어 있으려고 하지만 출근하면 어떻게든 떨어내려는 분위기라 방법이 없다.

이번에 만난 사수는 정말 지독한 사람이었다. 인격을 모독하는 것은 기본이고 모든 화풀이를 a에게 한다. 어딜 가도 마찬가지라고 그러니 어떻게든 적응해야 한다고 생각했지만, 내일이 무섭다. 그 사람은 감당할 수 없는 사람이다. 너무 독하고 모질다. 오피스텔 월세도 내야 하고 부모님께 용돈을 드려야 하고 생활비도 만만찮으니 일을 쉴 수 없다. 사수의 독한 말을 듣고 있자니 자존감이 다 뭉개져서 가루가 되고 점점 영혼이 파괴되는 걸 느꼈다. 그만둘 수도 없고 그만두지 않을 수도 없는 딜레마. 방법이 없다보니, 자꾸만 자기 자신을 몰아세우게 된다.

회사를 다니다 지독한 우울증과 괴롭힘으로 인해 자살을 하는 이들의 소식을 들었다. 그만두면 되지, 왜 죽고 그러냐고 생각했지만 출퇴근길의 막다른 길에 서보면 그 심정도 알 것 같았다. 정말 그냥 콱 죽어버릴까 생각도 들었다.

일식 덮밥집에 왔다. 대창덮밥과 곱창 덮밥 중에서 조금 고민하다가 곱창 덮밥으로 선택했다. 생활비를 아껴야 해서 되도록 외식을 자제하려고 했지만 오늘은 이대로 집에 갔다가는 정말 스스로 죽을 거 같아서 맛집에 왔다.

아무리 생각해도 이번 회사도 아닌 것 같다. 여기에 오려고 했던 노력을 떠올렸다. 이대로 떨어져 나가기가 억울하다. 다시 노력해서 좀더 제대로 된 곳을 가야 하나? 공부를 다시 시작하면 나이만 들 텐데. 진득하게 다니고 싶고 이 고비를 넘기고 싶은데.

곱창덮밥이 나왔다. 고슬고슬한 밥 위에 소스에 잘 볶아진 곱창이 들어 있다. 푹 삶은 숙주 나물이 함께 올라와 있다. 그릇 옆에는 와사비가 발라져 있어 양을 조절하면서 먹을 수 있다. 곱창은 느끼하지 않게 잘 볶아져 있었다. a는 젓가락으로 휘휘 덮밥을 섞었다. 맛있는 냄새를 맡으니 그제야 배가 고파진다. 사수의 쓴소리를 들어도 그것으로 성장하고 싶었다. 일에 능숙해지려면 이겨내야 한다고 생각했다. 하지만 그의 독설은 사람을 성장시키는 말이 아니었다. 제 기분대로 행동하고 떠들었다. a는 그 사람에게 휘둘리는 스스로도 답답할 지경이었다. 주눅이 들고 위축되고 출근길마다 일보다는 그 사람 보는 일이 괴로웠다. 그 사람을 보고 있으면 건물 옥상에 올가가 그만 떨어지고 싶어질 정도였다. 사람을 괴롭힌다는 것이 이렇게 이성을 마비시킬 수도 있구나, 하는 생각이 들었다. 더 무력해지기 전에 먼저 그 놈 귀싸대기라도 갈겨버리고 싶은 생각이 굴뚝 같았다. 점점 이성의 끈이 가늘어지고 마음속에 억압된 본능이 스물스물 기어나온다. 이대로 욱해서 죽기라도 해도 그 사람은 눈 하나 깜짝하지 않을 것이다. 유서에 미주알 고주알 어떻게 날 괴롭혔는지 써도 그 사람은 발뺌을 할 것이다. 모두 못난 내 탓으로 돌리겠지. 가슴 속으로도 진정 미안해하지 않을 것이다. 내가 약해빠져서 죽은 거라고 생각하겠지. 혼자 죽기는 억울하니, 진짜 맘 같아서 확 죽여버리고 싶다는 생각이 간절했지만 그런 인간 때문에 내 신세를 망칠 수 없지.

맛있는 곱창덮밥 한 입을 먹으니 진정이 되었다. 그 누구에게도 속을 털어놓는 것보다 낫다.

곱창이 질기지 않고 부드럽다. 곱창을 푸짐하게도 넣어줬다. 소스는 맵지 않고 단짠단짠 그 자체다. 직장 생활이 즐거울 거라는 기대는 안 했다. 남의 돈 버는 게 어디 쉬우랴. 다 그만두고 여행이라도 떠나고 싶었지만 이젠 그마저도 질렸다. 장국이 뜨뜻하다. 사람 잘못 만난 것에는 답이 없다. 더 힘들어지기 전에 결단을 내리기로 했다.

마음을 정하니 표정부터 바뀌었다. 진짜 내가 할 수 있는 일은 다른 곳에 있을 것이다. 단지 여기가 아닐 뿐이다. 무조건 참고 견디려고만 하니 지옥 같았는데, 그 지옥 속에서 그 놈도 죽이고 나도 죽고 싶었는데 다른 방향으로 생각하니 인생에 서광이 비치는 듯하다.

곱창덮밥이 술술 들어가고 허기가 채워진다. 배부름을 느끼면서 차분하게 생각한다.

'이번 달까지만 다니자. 월급은 받고 그만둬야지. 당장 내일부터 안 가고 싶지만, 일할 계산 같은 거 복잡하다. 또 내가 다닐 직장이 이 세상에 없으랴. 좀 괜찮은 사람을 만나야 다닐 수 있다.'

그 놈한테는 지나가는 말이라도 '꺼져!'라고 한 소리 질러주고 싶지만, 그럴 수는 없을 테고 그냥 옆에서 방귀나 소리나게 뿡 뀌어줘야겠다. 그냥 방귀도 안 되고 똥방귀.

a는 그 모습을 상상하며 혼자 좀 웃었다. 힘들면 다시 시작하면 되지. 우울이 쌓이면 결국 죽게 된다. 남들이 뭐라하건 무슨 상관인가. 우울이 쌓이도록 두면 안 된다. 열번의 직장이 바뀌더라도 스무번의 직장이 바뀌더라도 우울이 쌓이면 안 된다. 우울이 영혼을 잠식하기 전에 곱창덮밥 한 그릇 먹고 정신차렸다.

냉모밀

–

혼자

r의 남편이 죽었다. 초상을 치르고 자매들이 r의 집에 머무르며 위로했다. 갑자기 혼자가 된 r을 걱정하며 되도록 r이 혼자 있지 않도록 함께 해줬다. r의 자매들은 삼일, 사흘, 나흘, 일주일이 지나도 가지 않았다. r은 오래된 집에서 이사를 가서 신도시의 신축 아파트에 살고 있다. 자매들은 편하게 있으면서 갈 생각을 하지 않았다.

r은 이제 그만 자매들이 가주었으면 좋겠다고 생각했다. 오히려 있으니까 불편했다. 손님들은 이만 내보내고 편하게 혼자만의 시

간을 가지고 싶었다. 잠시 r이 출장을 가서 돌아오니 집에 혼자 있던 남편이 돌연사를 했다. 쓰러졌을 때 아마 누군가의 도움을 찾았지 싶은데 빈집에서 혼자 그렇게 세상을 떠났다. 죽음은 그렇게 갑자기 찾아왔다. 죽은 사람보다 남은 사람이 더 신경 쓰였는지 많은 위로를 받았다. 하지만 r의 마음은 달랐다. 어서 빨리 자매들이 자기의 집으로 돌아가주길 기다렸다. 되도록 예의상 불편한 기색을 내지 않았지만 하루 빨리 좀 그만 나가주었으면 좋겠다고 생각했다. 하지만 이런 눈치를 전혀 못 챈듯 자매들은 사별이 얼마나 고통스럽냐며 r이 혼자 있는 것을 걱정하며 돌아갔다. 마침내 모두가 떠나자 r은 속시원하게 냉모밀을 먹으러 나갔다.

냉모밀은 사계절 언제 먹어도 맛있다. 쯔유 특유의 깊은 육수맛과 거칠지 않으면서 씁쓸한 느낌이 있는 면발은 호로록 잘도 들어간다. 또한 와사비를 적당히 풀어서 먹으면 너무너무 맛있다. 돈까스에 곁들여서 먹어도 좋고 그냥 냉모밀 그 자체로도 참 좋다. 자극적이지 않고 깊은 맛있어 먹기에 아주 좋다. 면발도 적당한 굵기고 질기지 않았다. 비로소 다 가고 혼자가 되어 r은 속이 후련하게 편했다.

혼자가 된다는 것. 정말 속시원하게 편했다. 하지만 누구에게도 말하지 못했다. 혼자가 되어 편하다고 말할 수 없었다. 혼자가 되면 보고 싶은 척 가는 사람이 아쉬운 척을 해야 했다. 그런데 솔직히 혼자라서 너무 편했다. 완전히 혼자가 되어 혼밥을 하며 비로소 너무 편하고 즐겁다는 것을 깨달았다.

다음 주에는 친구들이 놀러오고 싶다고 연락이 왔다. 아마 그녀들은 호들갑을 떨면서 위로를 하겠지. r은 그들이 오는 게 싫다. 그냥 좀 귀찮다. 한동안 혼자서 많은 시간을 보내고 싶다. 대충 기프티콘을 보내주고 오지 말라고 다른 사정이 있다고 돌려 말할 것이다.

남편은 5살 연상이었다. 세월이 흘러 r이 죽은 남편의 나이가 되고 보니 그동안 남편에게 섭하게 굴었던 것이 미안해졌다. 남편이 어느 날 노후화되어 아귀가 잘 안 맞는 냉장고 문을 혼자 닫지 못하는 것을 보고 짜증을 냈는데, 남편의 나이가 되고 보니 r도 삐딱해진 문을 닫지 못하게 되어 비로소 남편에게 너무나도 미안해졌다. 그 사람의 빈자리는 허전함이 아니라 자유로움이다. 한평생 자유 없이 살다갈 뻔 했는데 지금이라도 자유가 주어져서 기쁘다. 마음대로 기상하고 마음대로 밥 먹고 마음대로 걷고 쏘다니고 싶다.

또 냉모밀 한 그릇이 떠올랐다. 시원한 육수와 부드러운 면발. 혼자 먹는 냉모밀 한 그릇이면 된다.

배고프지 않다면
혼자가 좋다
마음이 안 가는 사람을
만나지 않은 즐거움

사케동
–
밑바닥

인생의 뿌리가 되는 것은 무엇인가? 바로 밑바닥 생활이다. 신입이라면 거쳐할 가장 밑바닥 생활. 공부를 잘한다고 학벌이 높다고 밑바닥 생활을 패스할 수 없다.

만일 건너뛰는 일이 생기면 반드시 구멍이 생긴다. 어떤 분야에 입문하기 위해서는 반드시 밑바닥 생활을 거쳐야 한다. 대우 받고 일하려고 하면 안 된다. 사람은 반드시 바닥부터 시작해야 한다. 차근차근 올라가야만 한다. 하지만 이 밑바닥 생활을 견디지 못해서 나가떨어지고 구직마저 포기하게 된다.

f는 사케동을 시그니처 메뉴로 하는 일식집에 왔다. 양이 많지

않지만 맛 하나는 끝내주는 덮밥집이다. 직원이 따뜻한 우롱차를 가져다 준다.

테이블에는 주문 가능한 키오스크가 없어 직원에게 사케동 하나를 달라고 말했다. 천천히 차를 마시며 창밖을 본다. 초록 나무가 우거진 1층 뷰. 벤치에는 사람이 없다.

바람 한 점 불지 않고 조용한 가운데 갑자기 단체 손님이 우르르 몰려왔다. 순식간에 주위가 소란해졌다. f는 힐끔 시계를 봤다.

일하면서 스스로 깨닫고 배우게 된 것들은 무엇보다도 애틋하고 소중하게 여겨졌다. 누가 알려주지 않아도 직접 부딪히면서 얻게 되는 것들.

사람들이 자기의 노하우를 공유하지 않는 이유를 알겠다.

배워가며 밑바닥을 다지는 일이 이토록 혹독한 줄 몰랐다. 가끔 신경질만 부리고 일은 가르쳐주지 않고 허드렛일만 시키는 선배들이 있다.

일을 네가 알아서 하는 거라며, 그만큼이나 자신의 노하우를 알려주는 것을 아깝게 여기고 꺼려한다. 일을 가르쳐주는 것보다 자신의 업무를 더 우선으로 한다. 수학 문제도 누가 대신 풀어준다고 되는 게 아니듯, 일도 누가 가르쳐 준대로 하는 것이 아니고 스스로 고민하고 생각해서 해야만 자기 일이 된다.

그럼 내가 아는 걸 다 가르쳐주고 나면 나는 무엇이 남고 나만의 차별화 전략과 경쟁력이란 무엇일지 생각해보게 된다. 생존이 달린 무한경쟁 속에서 리더십이라는 것도 사그라든다.

사케동이 나왔다. 단체손님이 온 뒤로 생각보다 많이 기다렸다. 주홍빛 붉은 연어가 촘촘히 올라가 있는 사케동. 조각레몬을 손으로 꾹 눌러 눌러 즙을 살짝 뿌린다. 그릇 한 켠에는 와사비가 발라져 있다. 종지에 간장이 나왔다. j는 간장을 모두 부었다. 사케동을 먹을 때는 비비지 않고 그냥 떠서 먹는다. 고슬고슬한 밥과 신선한 숙성 연어의 조합. 연어는 마치 살아있는 것처럼 혀에 감긴다.

일을 처음 배울 때는 혹한기가 온다. 이 시기가 지나고 연차가 쌓여도 사실 달라지는 것은 없다. 어느 순간 더이상의 노하우가 만들어지지 않고 정체되어 매너리즘에 빠지면 혼자 아무리 욕심을 부려도 낙오되고 만다.

어디든 경력자가 대우받는다. 밑바닥 생활을 경험하면서 철이 든다. 밑바닥 생활을 경험하면 절대 그 이전으로는 돌아갈 수 없다. 다 자기만의 방법으로 성장하기 때문에 결과치가 다르고 개인의 능력도 다 다르다. 노하우가 탄탄하고 자신의 능력을 믿는다면 경로를 바꾸는 강단있는 선택을 해도 좋다. 단체손님들이 우르르 나간다.

f는 지나온 세월 중 가장 힘들고 어려웠던 그 시절이 자신의 삶을 지키는 단단한 뿌리임을 믿는다.

사케동 한 그릇을 비웠다. 우롱차를 보면서 밖을 보았다. 어둠이 완전히 내리고 달빛이 보였다. 달은 여기저기서 자길 쳐다보는 눈들이 많아서 그런지 고개를 돌리고 있다.

당신이 경험한 밑바닥이
당신과 평생을 함께 할
당신의 뿌리다

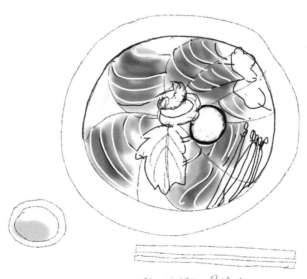

모듬 사시미
–
실연

    t는 죽고 싶다는 생각이 들었다. 이유는 두달 전에 헤어진 여자친구에게 새로운 애인이 생겼기 때문이다. 아니, 나와 헤어진 지 얼마나 됐다고 벌써 새 애인이 생겼단 말인가. 하지만 먼저 헤어지자고 한 건 t였다. 그녀와는 평소 트러블이 많았고 해결되지 않은 문제가 있었다. 도저히 희망이 보이지 않아 먼저 이별을 통보한 건 t였다. 그러면 그녀가 울고 불며 매달릴 줄 알았다. 정신을 바짝 차리고 숙이고 들어올 줄 알았다. 그런데 그녀는 아주 많이 담담했다. 그냥 알겠다고 했다. 마치 알고 있었던 사람처럼, 미리 준비한

사람처럼. 그렇게 모든 관계가 끝났다.

더이상 그녀에게 전화가 오지 않았다. 그녀에게 문자도 오지 않았다. 그녀의 관심이 없는 이 세상이 아주 낯설었다.

이대로 집에 혼자 있으면 숨이 막혀서 밖에 나가기로 했다.

친구를 만나기 위해 일식집에 갔다. 먼저 도착해서 모듬사시미를 주문했는데 갑자기 그 친구가 사정이 생겨서 못 온다고 했다. 음식이 잘나오기로 소문난 맛집이라, 모듬사시미는 둘이 먹기에도 많은 양이다. 분명 오기 싫어서 하는 말이겠지. 어쩌다 나는 만나기 싫은 사람이 되었는가. 정말 보고 싶은 사람이라면 5분 일찍 와서 기다리지 않을까? 그보다도 약속을 지키지 않는 사람들 때문에 열받는다. 영원히 나만 바라보겠다던 그녀가 진짜로 갔고, 오늘 저녁 같이 밥 먹기로 한 친구가 안 온다. 화가 났지만 화를 참았다.

갑자기 사정이 생길 수도 있지. 친구에겐 알겠다고 했다. 친구는 건성으로 미안하다고 말하며 전화를 끊었다. 거절할 거면 집에 있을 때 거절할 것이지. 하긴 친구가 오지 않았다고 해도 혼자라도 사시미를 먹으러 왔을 것이다. 어쩌면 오늘은 그냥 혼자 있고 싶은 날이다. 그녀석도 나의 주절주절 푸념을 듣기 싫었던 모양이다.

새로운 사랑을 시작한 그녀는 행복해 보였다. 인터넷에서 그녀의 계정을 염탐하며 그녀가 뭐하는지 지금 심정은 어떤지 살폈다.

그녀는 너무 잘살고 있다.

사람은 왜 이별을 말할까? 진짜 헤어지고 진짜 끝낼 생각도 없으면서 왜 불쑥 이별을 말할까?

어떤 자극을 주기 위해서? 그 사람이 계속 곁에 남아주길 바래서 이별을 말하는 게 아닐까? 그녀가 내 마음을 알아주고 다가오면 못 이긴 척 그녀를 받아주고 그녀에게 좀 더 관심받고 싶어서 그런게 아닐까?

그녀를 너무 사랑했던 r은 염치 불구하고 아직 내 마음이 정리되지 못했으니 돌아와달라고 했다. 갑작스러운 제안에 그녀는 좀 예상을 했던 것처럼 유연한 태도를 보였으나 결정을 내리는 것에는 난처해했다. 이미 새로운 연인이 생겼으며 돌아오지 않겠다고 했다. 마치 벼르던 말을 하는 사람처럼 단호했다. r에게 일격의 펀치를 날리고 싶었던 것인지 그녀는 차단하지 않고 차분히 소통했다.

사람은 어째서 돌아올 수 없는 강을 만들어놓고 돌아가려고 할까?

그녀가 이제 없다는 상실감에 정말 죽을 것 같아서 모듬사시미를 먹으러 왔다. 모듬사시미로 유명한 일식집이다. 다른 곳보다 훨씬 양도 많이 준다. 사케를 곁들여도 좋지만 오늘은 참기로 했다. 간장에 와사비를 푼다.

약간 차가운 식감. 그리고 싱싱한 생선. 다양한 해산물을 다채롭게 먹을 수 있다. r은 김에 사시미를 올리고 간장에 찍어 먹는다. 차가우면서도 신선한 사시미의 맛. 고기와는 다른 사시미 만의 식감이 r의 곤두선 신경을 누그러뜨린다.

그녀도 나처럼 힘들지 않았을까? 내가 헤어지자고 했을 때 그녀는 어떤 기분이었을까? 어쩌면 그녀에게 나는 쉽게 이별을 말하는 남자처럼 보였겠지. 어떤 순간에도 헤어지자는 말은 하지 말았어야 하는 건데. 끝내자는 말로 튕기고 자극을 주면 안 된다.

문득 그녀에게 전화를 또 걸고 싶어진다.

그녀는 전화를 받지 않을 것이다. 문자를 보내도 답이 보내지 않을 것이다. 그녀에게 응답을 기대하기란 어렵다. 그리고 더이상의 연락은 그녀에게 불편을 끼치는 일이다. 이제 그녀에게는 다른 사람이 생겼다고 하잖아.

사람을 잊는 첫번째 방법. 절대로 그 사람에게 연락하지 않는다. 그렇게 한달만 버텨보라. 한 고비는 지난다. 상대방도 이 부분을 신경쓰게 되어 있다. 새로운 사랑을 시작해버린 그녀가 괘씸하지만 사랑을 잃으면 새로운 사랑으로 채워야 빨리 잊는다고 한다. 그녀는 나를 잊기 위해서 얼른 다른 사람을 만난 것이다.

사귀었던 두 사람이 결별했다고 끝난 건 아니다. 하지만 그 중한 사람에게 새로운 사랑이 시작되었더면 두 사람은 완전히 끝난 것이다.

그녀를 진짜 떠나보내고 나서 그녀를 얼마나 사랑했는지 알게 되었다. 왜 그녀에게 헤어지자고 했을까? 아마도 내가 얼마나 그녀를 사랑하는지 스스로 알고 싶었나 보다. 오늘 바람 맞힌 친구놈에게서 전화가 왔다. 내일은 꼭 보자고 말이다. 문자만 보다가 답은 안 했다. 지금은 안 하고 다음에 해야겠다. 내일은 친구 만나서 먹지 말고 스쿼시나 치러 가야겠다.

사시미는 양이 너무 많았다. 이별의 아픔도 모듬사시미로 극복이 가능하다. 남은 사시미는 포장했다. 직원은 r의 심기를 살피며 유난히 친절하게 응대했다. r은 잘 먹었다고 말하고 속으로는 '그녀를 잘 잊을게요.' 라고 생각했다. 오늘 남이 보기에도 완전 사연 있는 사람처럼 보였나 보다. 나갈 때 "다음에 또 올게요."라고 말했다.

사시미를 냉장고에 넣어두고 r은 잠을 청했다. 졸음이 몰려왔다. 휴대폰이 울린다. 누구든 이제 말 걸어주지 않았으면. 돌아눕는데 갑자기 방귀가 뿡 나왔다. 혼자 껄껄 웃었다. 배가 꾸룩꾸룩해서 화장실로 가서 똥을 눈다. 그녀가 없어져도 밥은 먹고 모듬사시미는 맛있고 똥은 눈다. 이제 그녀는 가끔 꿈에서나 보게 되겠지. 꿈에서 그녀가 다시 돌아오고 싶다고 말한다면 그때는 꼭 거절할 것이다. 내게 새로운 사람이 생기지 않고 여전히 내가 솔로라도 너는 이제 아니라고. 이 말을 들은 그녀는 운다. 이런 상상을 해보니 실제가 된 것 같아서 뭔가 후련하다.

내일이 기다려진다.

내일 먹을 사시미가 있으므로.

라멘
–
환불

    j가 라멘집을 차린 건 3년 전이다. 불황이라고 하지만 j의 가게에는 많은 손님이 찾아와 주었다. 번화가에서 벗어나 약간 후미진 곳에 자리한 레트로한 라멘집.

    피크 시간 때는 늘 손님으로 북적였다. 장사가 잘 되어 직원도 채용했다. 메뉴는 딱 2가지. 라멘 기본맛, 라멘 매운맛. 단촐한 메뉴로 음식을 만들기도 쉽다.

    라멘은 육수가 생명이다. 엄선한 재료로 끓인 육수에 자가제면한 면을 올려 라멘을 만든다. 라멘의 가격은 9,000원. 밥이 무한리필이다.셀프바에 밥솥이 있다. 밥솥에는 하얀 쌀밥이 꽉꽉 채워져 있다.

j의 라멘집에는 특히 직장인들이 점심을 먹으러 많이 온다. 면류다 보니 테이블 회전은 빠르다. 포장 손님도 많고 배달 주문도 많다. 장사가 잘 되다 보니 배달 라이더들에게 서비스 음료도 드린다. 혼밥이 용이한 바석이 있고 마주보고 앉아서 먹을 수 있는 4인용 테이블이 2개다. 확장 이전을 하고 싶었지만 이 자리를 벗어나고 싶지 않았다. 라멘집 이전에는 작은 카페였는데 그때는 손님아 오지 않아 망한 가게였다. 라멘집이 들어오고 이렇게 달라졌다. 이 작은 매장에서 한달 매출이 3천만 원이다. 성공요인은 가성비 및 가심비 있는 가격과 자가제면, 깊은 맛이 있는 육수, 그리고 큼지막한 고기, 밥 무한리필이라고 생각한다. 거래처에서 식자재를 많이 사들이니 단가가 낮아져 마진도 괜찮다.

늦은 시간까지 손님이 있어 순대국집처럼 24시 영업도 고려 중이다. 사실 요즘 2호점 자리를 알아보는 중이다. 사케와 여러 안주 메뉴를 개발하면 밤 장사하기 괜찮을 것 같았다.

오전 11시. 바쁠 점심 시간을 준비하고 있는데 전화가 걸려왔다.

"저기요. 있잖아요. 일주일 전에 거기서 라멘을 먹었는데요. 그런데요. 제가 장염에 걸려서요."

"네? 뭐라고요?"

"제가 거기서 밥을 먹었는데 장염에 걸렸다고요."

그 말들 듣자마자 j는 어처구니가 없었다. 음식 하나만큼은 자부심이 있었다. 많은 손님들이 다녀갔지만 이런 전화는 단 한 통뿐이었다. 전화 속의 남자는 병원 진단서를 보여주겠다고 했다.

우리 음식을 먹고 장염에 걸린 게 맞는지 재차 확인하였으나 그는 맞다고 했다.

"음식 값 환불해주셨으면 해요."

전화 속의 남자는 돈을 요구했다. 가끔 서비스를 주지 않으면 안 좋은 리뷰를 남기겠다고 으름장을 놓는 진상들이 있었다. 다 먹고 나서 주문한 메뉴가 잘 못 왔다며 환불을 요구하는 진상도 있었다. j는 잠시 고민했다. 순순히 이 자의 말을 따라서는 안 될 것 같았다. 아마도 상습범이지 싶다.

아니나 다를까 골목에서 같이 장사하는 사는 다른 사장들도 비슷한 전화를 받았다고 했다.

"밥 먹고 배탈이 났어요."

"거기서 먹고 위염이 생겼어요."

배불리 먹고 환불을 받으려는 심보인 것 같았다. j는 좌시할 수 없어 전화 속의 남자를 만나러 갔다. 남자는 만남을 주저하는 듯했다. 하지만 만나보고 돈을 주겠다고 하니 선뜻 만남에 응했다. 남자는 20대의 건장한 남자였다. j는 정말 장염에 걸린 게 맞는지 재차 확인하였고 전화를 받은 다른 사장들의 이야기도 늘어놓았다. 그리고 이런 식으로 사기를 치면 고소를 하겠다고 단단히 일렀다. 그러자 남자는 잠시 당황하다니, 이내 죄송하다고 했다. 딱봐도 사회생활을 제대로 해보지 못한 젊은이인 것 같았다.

"제가 일도 안하고 집에만 있고 배는 고프고 어머니는 아프시고. 그래서요."

남자는 고개를 떨구었다. j는 한숨이 나왔다.

"죄송해요. 다시는 안 그럴게요."

청년이 딱하기도 하고 해서 j는 앞으로는 그러지 마라고 하고 다독이고 나왔다. 다른 사람들은 밥을 먹고 돈을 내고 간다. 하지만 돈을 안 버는 사람들은 먹고 나서 돈을 달라고 한다. 젊고 건장한데 왜 일을 하지 않을까, 생각하며 혀를 찼다.

일이 하기 싫은 이유는 단 한 가지, 힘들어서다. 누군가가 이끌어주었으면 좋겠는데 그런 사람도 없다. 일을 못하는 사람도 돈이 필요하고 배가 고픈데 어찌 살까. 돈이 없으면 나쁜 사람이 되는 게 씁쓸했다.

저녁 8시. 바쁜 타이밍이 끝나고 j는 오랜만에 라멘을 먹기로 했다. 육수에 면을 담고 고명을 올린다. 매장 안 혼밥석에 앉아 젓가락으로 라멘을 들어올린다.

그때 j의 휴대폰에 문자알림이 왔다.

"저 사장님 제가 방세가 밀려서 그런데 10만 원만 빌려주시면 안 될까요?"

밥 먹고 장염이 났다던 그 남자다. j는 라멘을 입안에서 오래 씹으며 생각했다. 남에게 맛있음을 선사하고 배고픔을 채워주는 일을 하면서 언제나 즐겁고 행복했다. 몸은 힘들어도 비싸지 않은 음식을 팔면서 자부심이 있었다. 남자의 메시지를 보면서 어디서부터 잘못되었는지 한참 생각하게 되었다. 무슨 말을 해줘야 이 사람을 바꿀 수 있을까? 답장 버튼을 누르려는데 갑자기 가게 안으로 단체손님이 들어 왔다. 심란했던 심정이 한순간에 사라지고 가슴이 뛴다.

매장 안이 순식간에 시끌벅적해진다. j는 핸드폰을 닫고 자기가 먹던 음식을 치우며 손님들에게 인사했다. 단체 손님들은 줄 서서 키오스크로 결제를 한다.

j는 주방으로 빠르게 들어 갔다.

배가 죽을 듯이 고프면
착한 사람도
다른 사람이 된다

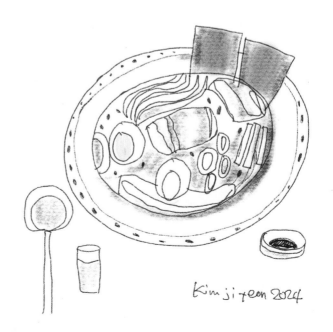

Kimjiyeon 2024

Chapter 4. 중식

짜장면
–
그만둘 용기

k는 가게를 열었다. 6개월 바짝 기술을 배워서 자격증을 따고 견습 생활을 한 후 어느 정도 경력이 쌓였다 싶을 때 가게를 보러 다녔다. 상권에 관해서 아는 부분도 없으면서 부지런히 보러 다녔다. 부지런히 발품을 팔아도 내 가게 하나 할 만한 자리가 없었다. 기술을 배울 때만 해도 이걸로 돈 많이 벌고 평생 먹고 살 거라고 생각했다. 한 골목에 같은 업종이 몇개나 있고 가격대는 어떻게 형성되었는지 알아보지도 않았다. 그냥 마이웨이로 밀어붙였다. 기존 가게를 인수하여 간판을 바꾸었다. 동일 업종이고 같은 업종으로

10년 이상 한 자리라서 장점이 있다고 생각했다. 하지만 같은 업종이 가게가 너무 많은 것을 간과했다. 인테리어를 마치고 본격 영업을 시작했다. 처음으로 놀랐다. 이토록 손님이 없을 줄은. 잡상인이나 구걸하는 사람들이나 올까 손님 구경하기가 쉽지 않았다. 단한 명의 손님도 없이 공치는 날도 있었다. 가게를 시작한 게 잘못이라는 것을 깨닫기까지 2개월이 걸리지 않는다.

짜장면이 기본인데도 양이 많다. 수타면발에 짜장이 깊은 맛이 있고 고기와 야채가 덩어리감 있다. 맵거나 시지 않고 달착치근한 맛이 누구나 먹기에 좋다. 소스와 면발이 모두 부드럽다. 둘이 왔다면 쟁반짜장을 먹었을 텐데 혼밥이라 짜장면을 주문했다. 인심좋은 곳은 셀프바에 밥솥이 있어 밥이 무한리필인 곳도 있다. 짜장면은 위에는 삶은 달걀이나 달걀 프라이가 올라간다. 그리고 채썬오이. 짜장면은 휘휘 비벼 먹어야 맛있다. 슬라이스 단무지를 올려같이 먹는다. 단무지 맛이 아삭하다. 양이 어찌나 푸짐한지 절반정도 먹었을 때 배가 부르다. 맛있는 중식당인데 영 손님이 없다. k는 생각했다. 나만 힘든 게 아니다.

k는 짜장면을 먹으며 생각을 정리했다. 손님이 오지 않는 가게에서 시간을 보내는 일이 많다 보니 출근 시간도 늦어지고 퇴근 시간이 빨라진다. 가게는 간판 불이 꺼지면 안 된다. 늘 열어두어야

하고 사람들이 편하게 와야 한다. k는 이 길이 자신의 길이 아님을 알았다. 가게는 접어야겠다. 물론 더 노력하면 될 것 같지만 k는 뒤늦게 시간만 끌면 손해라는 것을 깨달았다. 장사에 대한 공부가 부족했음을 절실히 느꼈다.

다시 시작할 용기, 짜장면 한 그릇에서 얻었다.

실패를 한 뒤에 깨닫게 된다.
준비가 부족했다는 것을.

Kimjiyeon 2024

짬뽕
-
현타

짬뽕이 간절히 먹고 싶을 때가 있다. i는 유명한 중국집에 들어갔다. 겉은 초라하지만 알만한 사람들은 모두 아는 짬뽕 맛집. 이 집에는 소고기 짬뽕과 해물 짬뽕이 유명한데 i의 선택은 언제나 해물 짬뽕이다. 주문한 지 1분 안으로 짬뽕 한 그릇이 후딱 나온다. 진짜 맛집은 손이 빠르다. 대기시간이 짧다. 커다란 그릇에 산더미같은 짬뽕. 직접 뽑은 면에 깊은 육수, 그리고 낙지, 쭈꾸미, 오징어, 홍합, 바지락 조개가 가득 올라가 있다. 해산물의 향연 그 자체다. 맵지도 않고 시원한 맛이다.

i는 짬뽕 한그릇을 먹으며 문득 지나간 세월을 떠올린다. 20대에는 연애에 미친 적이 있었다. 혼자 되는 게 싫어서 환승 연애를 한 적도 있다. 그땐 그게 그렇게 나쁜 줄도 몰랐다.

주말에는 꼭 데이트를 했다. 재미있는 영화도 보고 핫플에 놀러도 다니고 맛있는 것도 많이 먹으러 다니고 부단히도 많은 일이 있었다. 그러다 만나는 사람과 헤어지면 세상 잃은 듯 슬퍼했다. 누군가를 만나면서도 그 사람과 언제든 헤어질 까봐 무섭고 두려웠다. 어떻게 그 사람을 좀 떠나지 못하게 내 곁에 꼭 잡아두고 싶었지만 그런 방법은 없었다. 그 와중에도 부지런히 취업을 위해 노력했고 이 회사, 저 회사 많이도 다녔다. 거기서 거기인데도 부지런히 옮겨다녔다. 그러던 어느 날 현타가 왔을 즈음 임자를 만나 결혼을 했다. 결혼에 확 미쳐서 기혼자가 되었고 결혼생활의 현실에 크게 부딪혀 이혼을 했다.

이혼을 하고 나니 뭔가 다 허망해져서 더이상 누구도 만나지 않았다. 다 소용없고 다 필요없다고 생각하게 되었다. 현타가 오니 마음이 편해졌다. 인생의 굴곡을 건너오는 와중에도 늘 이 회사, 저 회사를 전전하며 어쨌든 회사를 열심히 다녔다. 좋은 대우, 나쁜 대우 신경 안 쓰고 지금 일한다는 것을 중요하게 생각했다. 그러다 어느 날 창업병이 났다. 창업에 미쳐서 창업을 했고 그런대로 잘 살고 있다.

그때 무슨 힘이 나서 그렇게 연애를 하고 결혼을 하고 취업을 하고 창업을 했을까? 그 과정에서 참 힘들고 괴롭고 고통 받고 바빴는데 말이다. 인생이란 이토록 이 짬뽕 한 그릇처럼 오만 것이 다 들어 있어 맛있고 행복한 게 아닌가 싶다.

짬뽕에 들어 있는 해물은 절대로 남기지 않는다.

무엇이든 떠나게 되어 있고
잘 보내고 나면
평화가 온다

탕수육
-
쉰

d는 거울을 본다. 거울 속의 모습에서 세월이 느껴졌다. d는 어느덧 50대에 이르렀다. 고개를 돌려 앞얼굴과 옆얼굴을 본다. 흰머리가 희끗하다.

울적해진 기분에 저녁을 먹으러 집 앞에 중국집에 왔다.

혼자서 탕수육 소자를 하나 시킨다. 오늘은 탕수육이 먹고 싶은 날이다. 외식은 거의 안 하는데 오늘은 큰 마음 먹고 나왔다.

구석진 창가 자리에 앉았다. 주문을 하고 물을 마신다. 모교의 연구원으로 원서를 넣었는데 내일부터 출근이다. 집에서 두시간이

넘는 거리였지만 다시 모교로 갈 수 있어 기뻤다.

d는 우리나라 최고의 학부를 졸업하고 해외에서 10년간 유학을 했다. 이후 연구소에서 연구원으로 일했다. 공부한 기간에 비해 오래 일하지는 못했다.

d는 총명했다. 어릴 적부터 항상 전교권의 성적을 거두었다. 공부를 잘하는 d에 대한 기대가 매우 컸다. 하지만 학교에서 공부를 잘하는 것과 사회에서의 성과는 달랐다. 50대에 이른 지금 어머니는 d가 지금이라도 결혼했으면 했다. 선자리가 들어왔지만 고사했다.

누구도 만나고 싶지 않았다. 이미 50대가 되도록 혼자였기에 반려자를 찾고 싶은 마음은 없었다.

d는 차가 없었다. 그다지 차를 사고싶은 마음이 없었다. 전철과 버스로도 충분하다. d는 굉장히 근검절약하는 삶을 살았다. 늘 열심히 검색을 하고 발품을 팔아 쇼핑을 했다. 적은 돈을들여 가성비 좋은 생필품들을 구할 수 있었다. 이렇게 살면 자기 스스로는 건사할 수 있었다. 누군가를 부양할 수 있다고 생각해본 적은 없다.

탕수육이 나왔다. 갓 튀긴 고기와 소스가 따로 나왔다. 짜장면이나 짬뽕 없이 단독으로 먹는 탕수육. 혼자 먹지만 찍먹이다. 튀김옷은 얇고 고기가 두툼하다. 소스는 단짠단짠하니 탕수육의 맛을 제대로 살렸다. 고기가 먹고 싶어서 선택했는데 지금 이 순간은 탕수육이 최고다.

남들은 50대라면 아내도 있고 집도 있고 차도 있고 재산도 있다. 인생에서 자리를 잡았고 어느 정도의 위치를 가지고 있다. 하지만 d에게는 없었다. 집도 없고 차도 없고 배우자도 없고 자식도 없고 돈도 없다.

부모님 집에서 출퇴근을 하는데 어머니는 나가 살길 바라면서도 d의 끼니를 살뜰히 챙긴다. 그리고 언젠가는 꼭 d가 능력을 인정받아 돈과 명예를 모두 찾는 날이 오기를 기대했다. 분명히 뛰어난 사람인데 빛을 보지 못한 것이라고 믿었으까. 수능에서 딱 한문제를 틀릴 정도로 영특했던 d의 능력을 의심하지 않았다.

때로는 자신보다 훨씬 공부를 못하던 친구들이 내로라하는 기업에 들어가고 부동산 투자도 하고 주식투자를 하면서 떵떵거리며 사는 모습을 보면 스스로 초라하다는 생각도 했다. 공부머리와 돈 머리는 따로 있다는 말이 맞다고 생각하면서도 뼈아프게도 들렸다. 나름 주어진 삶에 열심히 살았지만 돈이 따라오지 않았다.

인생의 말년에 자신의 능력을 인정 받은 사람들을 생각하며 위안을 받는다.

탕수육 하나를 들어 소스에 푹 찍어본다. 돼지고기가 잡내 없이 부드럽다. 탕수육에 파인애플과 버섯, 떡 사리가 들어 있어 더욱 좋다.

탕수육은 하나도 남기지 않고 다 먹었다. 결제를 하고 나서 좁은 길을 따라 걸었다. 남들이야 어떻게 생각하든 상관없다. 그래도 뭐 괜찮은 삶이라고. 남들과 자신을 비교할 필요는 없었다. 이런 삶도 때로는 멋지다는 것을.

크림새우

-

소통

중식 혼술 안주 메뉴로 크림새우는 매우 좋다. 조리장 경력이 높은 중식당의 크림새우는 그 맛이 탁월하다. v는 중식당 창가석에 앉아 물을 마셨다. 곧 음식이 나올 것이다.

v는 팀장이 되었다. 하루하루 살다 보니 중년이 되었고 처음 들어간 회사에서 굴곡없이 승진했다. 팀장이 되어 보니, 후배들이 통솔하는 게 여간 어려운 일이 아니었다.

신입들은 처음에는 의욕적이다가 오래가지 못하고 그만두곤 했다. 한두명씩 그만두기도 하고 여럿이서 한꺼번에 그만두기도 했다.

v는 소통에 관해서 다시 생각해보기로 했다. 사람들은 일침이남 명령을 좋아하지 않는다. 같은 내용이라도 어떻게 말하느냐에 따라 전달력이 달라졌다.

어쨌든 상황을 내가 원하는대로 끌고 가기 위해서는 상대방을 설득하고 움직여야 했다. 처음에는 경청이 중요하다고 생각했다. 말을 많이 하는 것보다 상대방의 말을 잘 들어주는 것이 중요하다고 여겼다. 말을 아끼고 귀를 열었지만 그렇다고 해결되지는 않았다. 일단 대화의 주도권은 내가 갖고 상대방을 어떻게 리드하느냐가 관건이었다.

크림 새우가 나왔다. 크고 실한 통새우에 튀김옷을 입히고 그위에 달착지근한 소스를 뿌려두었다. 새우살 씹히는 식감이 남다르다. 칠리새우와 크림 새우 사이에서 늘 고민하지만 언제나 선택은 크림새우다. 여기는 맛집이라 짜장면, 짬뽕도 아주 잘 나오는 집이다.

옆집에 사는 젊은 남자가 집안에서 담배를 피웠다. 담배 연기는 환풍구를 타고 다른 집으로 퍼졌다. 화가 몹시 난 한 이웃이 그에게 소리쳤다.

"담배는 나가서 피워요!" 그 바람에 큰 싸움이 났다. 위층에서 자꾸 쿵쿵 거려서 짜증나서 좀 조용히 해달라고 했더니, 아래층 위층 모두 기분 나빠지고 어색해졌다. 담배를 집안에서 피우는 행동도 잘못이고 이른 새벽 시간에 세탁기를 돌리고 집안에서 뛰어다는 것도 잘못이다. 그런데 호통치고 명령하고 일침을 놓는다고 해결은 안 된다.

v는 업무 능력에 다소 부진함을 보이는 한 사원을 다독이고 있다. 넌 우리와 안 맞는다고 내쫓는다고 해결되는 일은 아니다. 사람 귀한 줄 모르는게 아니라 단지 어떻게 소통하는지 모르기 때문에 일어난 갈등이다. 아래층 입장에서는 위층이 잘못되었고 위층 입장에서는 아래층이 예민하다. 집안에서 담배피우는 사람은 다른 사람에게 피해줄 마음까지는 없이 내 집에서 편하게 있고 싶었고 다른 집 담배 연기를 맡아 곤욕스러운 옆집은 억울하다.

크림 새우와 함께 나온 양배추 샐러드가 상큼하다. 뻣뻣하지 않고 부드럽다. 통새우가 많지는 않았지만, 먹고나면 배부르다. 맛이 자극적이지 않고 부드러워서 먹기에 좋다. 탕수육을 자주 먹던 v도 크림 새우의 세계에 빠진 뒤로는 탕수육에만 머물지 않게 되었다.

목욕탕에서 옆에서 물을 튀기며 목욕을 하는 사람에게 "물 좀 튀기지 마세요!" 라고 퉁명스럽게 말하는 건 해법이 되지 못한다. 되도록 모른척 하거나 자리를 옮기는 방법이 좋다. 꼭 말을 해야 겠다면, "찬물로 그렇게 세게 직수를 맞으시면 건강에 좋지 않아요." 라고 말해주는 편이 낫다.

집안에서 담배를 피우는 사람에게 "담배연기가 다 들어오잖아요! 나가서 피워요!"라고 말하면 오히려 역풍을 맞는다. 사소한 일이 큰 일이 되는 순간이 되기도 한다.

그럴 때는 "집에서 담배를 피우면 냄새도 배고 건강에 좋지 않아요. 나가서 피우시는 게 어떠세요?" 라고 말하는 것이 좋다.

위층에서 쿵쿵거리면 "조용히 좀 해주세요!"라고 말하기 보다는, "발바닥에 무리가 가실 수 있어요. 쿠션감 있는 슬리퍼를 신으시면 족저근막염 같은데도 좋아요." "요즘은 쿵쿵거리는 소리가 덜 나는 것 같은데 혹시 무슨 일 있으세요?"

부하직원이 보고서를 가지고 오면, "몇번을 말해야 알아? 다시 해와!" 이렇게 말하기 보다는, "내가 천천히 읽어봤는데 지난 번보다 훨씬 좋아졌더라. 네 보고서에는 다른 사람에게는 없는 치밀함이 있어. 그런데 이런 부분을 좀 더 보완하면 어떨까?" 라고 말하면 인정 받은 데 만족감을 느끼고 부족한 부분에 관해서 스스로 노력하게 된다.

사람들은 따끔한 일침보다는 냉철하면서도 다정한 피드백을 좋아한다. 사람을 움직이는 것은 큰소리가 아니라 잘 만들어진 피드백이다.

소통이란 그 사람을 생각해주는 밑밥에서 시작된다. 너를 생각해서 해주는 말로서 내가 하고 싶은 말을 하는 것이다. 조금도 생각하는 마음도 없으면서 생각해주는 척만 하면 위선을 느끼지만, 그래도 어느 정도 진심이 느껴지면 받아들여지기가 쉽다.

사람은 누구나 자유롭게 행동하고 싶어 한다. 타인에 의해 자신의 행동이 제한되는 것을 싫어한다. 누가 내가 말하는데 가로막으면 싫고 내가 다리 떠는데 못 떨게 하면 싫다. 그냥 그 자체로 싫다. 거기다가 짜증이고 명령이고 퉁명스러움이면 더욱 그렇다.

크림 새우가 다 없어지고 빈접시만 남았다. 안주메뉴지만 오늘도 술은 안 마신다. v는 팀장으로도 오래 잘 일할 수 있는 것 같은 자신감에 발걸음이 가볍다.

혼자서 하는 생각이 따로 있고
남에게 건네는 말이 따로 있다

남에게 건넬 말을 생각하면 안 되고
혼자서 할 말을 남에게 하면 안 된다

Kinjiyeon 2024

마라탕

–

과거

저녁 7시. c는 마라탕집에 갔다. 가게 안은 넓은데 손님은 많지 않다. 혼자 와서 편하게 4인석에 앉는다. 주인은 밝게 웃으며 맞아준다. 두툼한 점퍼를 자리에 벗어두고 셀프존으로 가서 플라스틱 흰색 그릇에 마라탕 재료를 넣는다. 혼자 먹을 거라니까 많이 담지 않는다. 셀프존에는 마라탕 재료가 가득 채워져 있다. 그릇에 담을 때는 물기를 털어서 담는다. 적당히 담았을 때 맵기는 언제나 1단계다. 선불이라 결제부터 한다.

딱 8,000원 나왔다. 마라탕을 조리해서 가져다줄 동안 자리로 가서 기다린다. 물이 따뜻한 자스민차다.

c는 유리창에 비친 자신의 모습을 본다. 어딘지 모르게 수척해보이고 피부는 건조해보인다. 창밖에 사람들이 걸어다니고 불빛이 반짝인다. c의 집은 대단한 부자였다. 집안 대대로 부유했다.

c의 외모가 훌륭하지 않아도 성격이 그다지 좋지 않아도 잘하는 게 없어도 c는 주목을 받았고 인기가 있었고 남들로부터 떠받들어졌다. 그런 삶이 당연하게 여겨졌다. 그때는 몰랐다. 그게 다 인생의 무게인 것을.

마라탕이 나왔다. 아주 조화롭게 맛있게 만들어졌다. 이 집은 육수맛이 좋아서 마라탕이 아주 잘 나온다. 또한 셀프존에는 공기밥이 무한리필이다. 한번 오면 배부르게 먹고 간다.

지금은 어떠한가. 그 많은 재산이 사라졌다. 언제까지나 인생을 떠받쳐줄 것 같던 그것들이 하나둘씩 떠나갔다. 어디서부터 잘못된 것일까? 사람들은 부자가 3대 못간다며 혀를 찼다.

c는 많은 사업을 벌렸다. 시작점이 달랐기 때문에 다 잘될 줄 알았다. 경쟁업체로부터 조금씩 시장 점유율을 빼앗기기 시작하더니 점점 기울어졌다.

옥수수면을 먹는다. 부드럽다. 육수가 따뜻해서 먹기가 참 좋다. 마라탕은 자기가 먹고 싶은 재료를 골라담을 수 있어 좋다. 재료를 직접 고르는 번거로움과 돈이 얼마 나올지 모르는 약간의 긴장감이 있긴 하지만 그래도 좋다.

c는 젊었던 날 인연이었던 한 여자를 떠올린다. 그녀. 첫 만남부터 그녀는 참 아름다웠다. c는 한눈에 그녀에게 반했다. 그렇게 부부의 연이 되었다. 아이까지 낳았지만 결혼 생활은 순탄치 않았고 시댁과 계속 불화하는 그녀가 피곤했다. 그녀는 힘들어보였다. 그녀에게는 남편밖에 없었다. 너무 많은 부분을 남편에게 의지했다. c는 그녀를 놓아주지 않았다. 그녀를 버렸다. 결혼생활도 힘들어 했지만 버림 받고 인생의 벼랑으로 떨어진 그녀는 큰 충격에서 벗어나지 못했다. 가진 게 많았던 c는 돌아보지 않고 새출발을 했다. 그러한 행동에 그녀는 큰 충격을 받았다. 평생 아이들을 보지 못하고 살아가는 고통속에서 살아야 했다.

이렇게 하는 일마다 다 안 풀리는 건 어쩌면 그 옛날, 아내를 버렸기 때문이 아닐까? 아내는 없던 일로 다 잊었을 수도 있겠지만 과거에 c가 아내를 버린 사실은 없어지지 않는다.

지금 그녀도 그녀 나름대로 잘 살고 있겠지만 말이다.

거만하면 절약하지 않는다. 거만하면 아낌없이 버린다. 주어진 것에 감사할 줄 모른다. 내가 유리한 위치에서 할 수 있는 냉정함에 관해서 생각해 본다. 그게 얼마나 차가운 것인지. 아주 오래 전소중하고 중요한 것을 잃고 찾으려고 하지 않았던 지난 날을 떠올렸다.

문득 헤어졌던 그녀가 제일 못했던 것이 무엇인지 생각해봤다.

바로 거짓말.

거짓말이었다.

그녀는 정말 거짓말을 하나도 할 줄 몰랐다.

마라탕 국물을 마신다. 세상의 모든 것은 어떤 식으로든 돌려받는다. 그리고 잃어버린 것은 되찾을 수 없다.

나중에 크게 실패하고 싶어서
지금 당장
남에게 큰 상처를 주는 것이다

Kim jiyeon 2024

꿔바로우

–

어느 남자의 죽음

지치고 늙은 파리 한마리가 걸어간다. 티슈를 집어든 손으로 천천히 파리를 내려친다. 파리의 몸이 산산조각 짓이겨진다. 생명 하나가 사라졌지만 이상하지 않았다. 그저 유해한 존재일 뿐이니.

k는 짧게 한숨을 쉬었다. 오늘 한 건도 못했다. 처음 직장에 채용되었을 때는 몹시 기뻤다. 하지만 몇일 출근해보면 현실은 달랐다. 여기저기 다녀봐야 다 비슷비슷하다.

하루하루 일하는 것이 스스로를 뛰어넘는 일이었다. 이번에 들어간 회사는 완전히 실적 위주였다. 투자자를 모집해야 해서 언변이 좋아야 했다.

퇴근 후 마라탕집에 들렀다. 가게 안을 보니 사장은 없었다. 직원이 반갑게 인사한다. 꿔바로우 소자를 하나 포장했다. 잠시 기다렸다가 픽업해왔다. 빠듯해서 되도록 외식을 줄여야 했으나 지금 꿔바로우라도 안 먹으면 죽을 것 같아서 사들고 왔다. 혼자 사는 8평 원룸. 집에 돌아가니 집안이 어수선하다. 빨래도 해야 하고 방바닥도 쓸어야 한다.

청소는 내일 아침 일찍 일어나 하고 싶지만 막상 그때가 되면 퇴근해서 하고 싶어진다. 겉옷만 벗어놓고 밥상에 꿔바로우 포장을 풀었다. 따뜻한 온기가 느껴진다.

그릇에 꿔바로우를 옮겨 담는다. 가위로 먹기 좋게 자른다. 끈끈한 소스가 좋다. 맥주 한 캔을 따서 옆에 놓아둔다.

지난번에 다니는 회사는 무작위로 전화를 걸어 홍보 마케팅을 하는 업무를 했다. 일만 맡겨주면 무조건 상위노출 시켜준다고 큰소리를 쳤다. 전화를 받는 사람들은 바로 끊어버리는 일이 많았고 가끔 욕설을 하는 경우도 있었다.

온종일 밥 먹는 시간을 제외하고 통화를 했다. 신물이 나게 낯선 이들과 전화로 떠들었다. 아는 동생은 타인을 사칭해서 겁을 주고는 돈을 받아내는 통화 업무를 주로 했다.

일을 따는 것은 정말 쉽지 않았다. 사람들은 자신에게 이익이 되지 않는 일에 관심을 갖지 않는다. 지인은 보험 일을 하는데 산업단지의 아무 회사 사무실로 들어가 보험을 권하기도 했다. 보험 일을 하니 친구들도 다 떨어져 나갔다. 남의 사무실에 드나드는 것자체가 안 되었으나 한 건이라고 해야 해서 어쩔 수 없었다. 문전박대를 당해도 문만 열려 있으면 또다시 남의 회사에 들어가 보험가입을 권유했다. 지난 번에는 학습지 영업을 했는데 실적이 나빠학습지를 스스로 사들여서 오히려 크게 적자가 나기도 했다.

k는 이번 달 내야 할 생활비와 집세, 통신료를 떠올린다. 어머니에게 매달 20만 원씩 용돈을 드리고 있다. k의 어머니는 친구들하고 분양사무소에 일했었다. 고객 하나만 일단 데리고 가면 수수료를 받았다. 만만한 행인 하나만 걸리면 물고 늘어져서 분양 사무소로 데려가기도 했다. 분양 사무소가 철수하면서 전철 앞에서 전단지를 돌리던 어머니는 요즘 전철에서 사이비 종교를 설파하고 있다. 몇번 쫓겨났지만 사람들이 지옥에 가지 않도록 노력하고 있다.

꿔바로우가 맛있게 튀겨졌다. 겉은 바삭하고 고기는 식감이 좋다. 약간 식은 감이 있지만 쫄깃하고 맛있다. 맥주 한 모금을 들이킨다. 이번에 하는 일은 투자자를 모으는 일이다.

지금 진행하고 있는 프로젝트가 무슨 그럴 싸한 것처럼 대단하게 포장해서 떠벌여야 했고 관심을 보이면, 돈을 벌 수 있는 절호의 찬스임을 강조했다. 돈 벌 욕심을 보이면 소액을 투자하는 투자자가 있는데 이때 두툼하게 잘 챙겨줘야 거액을 땡긴다. 그 사람이 큰 돈 벌 욕심에 큰 돈을 투자하면 원금을 가로채 묘연히 사라지는 것이다.

　요즘 누가 일해서 돈을 버냐며, 돈은 투자를 해야만 벌 수 있음을 강조했다. 이 투자는 당신에게만 알려주는 정보임을 강조하며, 고배당 고수익을 다시 한번 강조한다. 적은 돈으로 작은 수익을 맛보면 드디어 걸려든 것이다. 이번에는 잘 통하지 않았다. 관심을 보이는 사람들은 있었지만 시드 머니가 없다고 돌아섰다.

　분명 나쁜 일인줄 안다. 하지만 이 일이 아니면 굶어야 해서 남의 사무실에 들어가 보험을 판매를 하고 길가에 행인들을 붙잡고 어려운 사람들을 돕는데 동참하라며 돈을 내라고 하기도 한다.

　누군가는 무작위로 큰 돈 버는 정보라며 핸드폰 문자메시지를 뿌리기도 한다. 먹고 사는 데는 돈이 필요하니 반드시 건수를 올려야 했다.

　꿔바로우를 싹 다 먹었다. 단짠한 소스와 쫄깃한 고기가 일품이다. k는 설거지를 하려다 말고 따뜻한 물에 샤워를 했다.

내일은 친구의 기일이었다. 친한 친구였다. 함께 버스를 타고 가다가 사고를 당했는데 그 친구만 죽었다. 그 친구의 기일에는 친구의 부모님을 만나뵙곤 했다. 마치 아들 대신처럼.

자식이라곤 그 친구 하나뿐이었던 친구의 부모님은 k를 볼 때마다 가슴이 뭉클했다. k를 아들처럼 여기고, k가 힘들 때마다 덕담도 해주고 위로를 건네기도 했다. 어쩌면 죽은 친구의 부모님이라 k의 말에 귀기울여주고 k에게 속아줄 지도 모른다는 생각이 들었다. 냉랭한 낯선 사람들보다 훨씬 접근하기 좋을 것이다.

내일 입고 갈 양복을 옷장에서 꺼내놓았다. 친구의 부모님을 만나면, 그새 성공한 사람처럼 보여하니까 외모를 점검했다. 뜨거운 물에 거울에 허옇게 김이 서린다. 재산의 2배 이상을 불려줄 기회가 왔다고 무조건 버는 투자라고 자신감 있게 말해야 한다. 2개월 먼저 입사한 회사 선배는 남의 휴대폰으로 대출을 받는 스킬을 알려주었다. 기계에 약한 사람을 도와주는 척 자연스럽게 핸드폰을 손에 넣고 괜찮다고 안심시키며 빠르게 처리해야 한다.

꿈에 죽은 친구가 잠시 나왔다. 그 바람에 좀 이른 새벽에 눈을 떴다. 죽음에 대해서 문득 생각했다. 죽어서 부검 당하는 일만 없어도 성공이라고 생각했다. k는 혼자 픕 웃었다. 먹고 사는 데는 미안한 것도 없다. 미안했으면 옛날에 미안했다. 삶이 끝나면 제대로 미안함을 느껴볼 수 있을까? 이런 저런 생각에 잠기다 다시 잠이 들었다.

그바람에 좀 늦게 일어나고 말았다. 어제 먹은 꿔바로우가 조금 얹힌 것 같다. 속이 편하지 않다. 오늘은 회사 일이 끝나는대로 죽은 친구의 집에 들러 인사를 드릴 것이다. 그리고 본격적으로 말을 늘어놓을 것이다. k는 출근길에 나섰다. 시간이 촉박했다. 지각할 수도 있겠다. 외모가 깔끔해야 사람들이 관심있게 이야기를 듣는다.

횡단보도의 파란불이 깜빡인다. k는 빨리 건너기 위해 재빨리 건넜다. 그때 택시 한 대가 속도를 줄이지 않고 달려왔다. k의 몸이 붕 떴다가 바닥으로 철푸덕 떨어져 머리에서 핏물이 솟았다. 피는 시냇물처럼 흘러 아스팔트 낮은 곳으로 고여 피웅덩이를 만들었다. k는 뭔가 허전해지고 뭔가 중요한 것이 떨어져 나간 것을 느꼈지만 뒤돌아보지 않고 계속 뛰었다.

'다른 걸 생각하면 아무것도 할 수 없게 된다. 일단 내가 살고 봐야지.'

사람들은 횡단보도에 누워 있는 양복 입은 남자에게로 향해 있다. 교통 경찰이 뛰어오고 사이렌 소리가 들렸다. 혼탁해지는 k의 동공에 파리 한마리가 돌아다녔다.

달콤하면
거짓말이다

Kimsiyeon 2024

Chapter 5. 집밥

봉지라면

–

마흔

　밤 10시가 넘은 시간. 그냥 자려다가 o는 냄비에 물을 올린다. 그리고 봉지라면 하나를 뜯는다. 스프는 먼저 물에 넣고 끓인다. 오래된 습관이다. 물은 정량보다 좀 더 많이 붓는다. 물이 끓으면 면을 넣는다. 면을 반으로 부수지 않고 통으로 넣는다. 냄비가 커서 가능하다. 그리고 계란 두 개를 깨서 넣는다. 젓가락으로 휘휘 젓지 않는다. 김치나 스팸 같은 다른 재료는 안 넣는다. 맛있는 냄새가 솔솔 나며 라면이 완성되었다.

　곧 40을 바라보는 o는 아직 미혼이다. 20대를 지나온지 20년이 지나가지만 제대로 된 연애를 해본 적이 없다. 또한 남들처럼 입사

지원서를 내본 적도 없고 면접을 보러 다닌 적도 없다. 친구들 바쁘게 사는 이야기를 듣기만 했다. 다들 앓는 소리다. 회사에 가면 월급이 생기고 괴롭히는 사람이 생긴다. 매일 한결같이 살다 보니 세월이 흘렀음에도 아직도 20대인 것 같았다.

한번도 출근한 적이 없는 채로 40대가 되었다. o가 아무것도 안 한 것은 아니다. 20대 때부터 수험생이었고 지금도 수험생이다. 단 한번도 합격하지 못한 채 시간이 흘러갔다. 시험에 계속 떨어졌지만 포기해볼 생각은 없었다. 공부를 한다고 앉았지만 언제나 관심은 다른 곳에 있었다. 세상 소식이란 소식에는 다 관심을 보이며 주입식으로 읽고 받아들였다. 세상 소식에는 겉으로 알려주는 것과 속으로 감추고 있는 것이 따로 있는데 한번도 깊게 바라본 적은 없었다.

하지만 o는 변치 않고 시험에 도전했다. 시간만 흘렀을 뿐 나는 예전 그대로라고 생각했다. 일년에 한두 번 밖에 없는 시험이다. 이상하게 시험 당일에는 떨리지도 않았다. 사실 o는 꿈을 찾고 있었다. 내가 좋아하는 것. 내가 사랑하는 것. 그것이 무엇일까? 한번도 생각해보지 못했다. 인생에서 간절한 것, 절실한 것이 없다는 것은 답없는 수렁 같았다.

많은 이들이 합격의 문, 취업의 문, 결혼의 문 앞에서 더이상 뛰어넘지 못하고 정체된다. 다만 그냥 늘 그렇듯이 한 자리를 지켰을 뿐이다. 문 안으로 들어가지 못한 사람은 어쩔 수 없는 선택이 아니겠는가.

라면이 조금 설익었을 때 불을 끈다. 그리고 냄비째로 들고 와 먹는다. 면발의 양은 많지 않다. 항상 마지막은 달걀 노른자를 먹는 것으로 마무리한다.

북엇국

\-

독립

r은 원룸을 구해서 나오면서 인생이 새로 열리는 것을 알았다. 나만의 공간이 생긴다는 것이 이토록 기쁠 줄이야. 한때는 가족을 위해서 산다고 생각했다. 가족을 위해서 노력하고 가족을 위해서 참고 가족을 위해서 일한다고. 그런데 자꾸만 허망해지는 것은 어쩐 일일까. 가족이라면 누구보다도 아껴주고 지켜줘야 할 대상이라고 생각했다. 때로 가족의 배신은 그 무엇보다도 크고 받아들이기 어려운 것으로도 여겨진다. 태어날 때부터 정해진 관계이니 가족이란 그냥 믿음 그 자체여야 한다고 생각했다.

r은 냉장고에서 북어채를 꺼냈다. 비닐봉지에 담겨진 북어채에서 특유의 향이 올라온다. 북어는 죽은 지 오래되었는데 식재료는 아주 신선하게 느껴진다.

　문득 이 북어가 헤엄쳤을 바다를 떠올렸다. 바다에는 수많은 세상이 잠겨 있다. 바다는 푸르름을 내보이며 깊은 출렁임과 하얀 포말만을 수면위로 내보내며 침묵한다. 때때로 사람들이 몰려와 물고기를 낚아가지만 바다는 개의치 않는다. 오히려 사람들이 찾아와 바다에 접촉하는 것을 즐긴다. 사람이 바다속 생물을 잡아먹듯 바다도 가끔식 사람을 잡아먹고 다시 육지로 돌려주지 않는다.

　바다 밖에는 한낮동안의 어마어마한 자외선과 저 깊숙한 곳에는 엄청난 수압과 햇빛 한 줄 들어오지 못하는 큰 어둠이 있다. 심해 물고기는 요상하게 생겼는데 높은 수압을 견디기 위해서라고 한다. 거울을 볼 때마다 표정이 점점 굳어지는 것도 거친 세상을 견디기 위해서일까? r은 거울 속에 뚱한 제 얼굴을 보고 실소를 터트린다.

　그래서인지 바다에서 온 것들은 다 위대해 보인다. 북어채를 잘라서 물에 담가둔다. 시간이 지나니 좀 부드러워진다. 냄비에 조미료만 넣고 끓인다. 거창하게 육수 같은 건 없다. 볼에 날달걀 2개를 깨트린다. 북어채에 계란물을 묻힌다. 냄비의 물이 끓으면 북어채를 넣고 팔팔 끓인다. 맛있는 냄새가 솔솔 난다. 북어는 죽어서 바다에서 나와 알 수 있을까? 이렇게 새로운 세상이 또 있다는 것을.

가족이라고 해서 사랑이나 신뢰로 뭉쳐진 것은 아니다. 때로는 남보다도 못할 수도 있다. 명절날 친척들끼리 모이면 반갑기보다 그냥 피곤할 때가 많다. 그런데도 꾸역꾸역 만난다. 잘 되면 시기하고 안 되면 무시하고. 소모적임에도 가족이라는 이유로 봐야 하는 순간이 참 많다.

사람이 사람을 사랑하는 게 되는 것은 혈연에서 비롯되는 것이 아니다. 그 사람의 말, 그 사람의 미소, 그 사람의 마음이 있어야 가능하다. 이러한 것들이 없다면 진정한 관계는 이루어지지 않는다. 또한 처음에는 사랑으로 만났다가도 그 사랑이 퇴색되면 관계에 큰 균열이 생기고 유지하기 어려워진다.

인간관계는 서로를 지켜주는 것에서 유지된다.

사람이 사람을 지킨다는 것은 무엇일까?

그 사람의 인생을 위태롭지 않게 하는 게 아닐까?

하지만 가족이라는 이유로 폐를 끼치고 어려운 부탁을 한다.

거절하면 마치 나쁜 사람으로 몰고가는 것처럼.

어느 덧 인정하게 되었다. 우리는 가족이지만 그렇게 끈끈하지 않다고. 가족이라고 두둔해주고 가족이라고 감싸주지 않을 수 있다. 내가 아파도 가족이 모른 체할 수 있다. 함께 하는 시간이 소중하지 않고 지긋지긋할 수 있다. 언제든 돌아설 수 있다고. 가족이라고 절대로 방심하면 안 된다고. 누군가는 가족을 지켜주고 싶은 사람이 아닌 쉬운 사람 쯤으로 생각하니까.

사람과 사람 사이에 진정성을 만들어주는 것은 무엇일까?

계란국
–
혼밥

집에서 혼자 먹는 계란국. 재료는 단출하다. 조미료와 계란 2개. 이게 전부다. 대파도 썰어넣지 않는다. 물에 조미료를 넣고 팔팔 끓인 뒤 계란 2개를 깨서 넣는다.

계란이 다 익으면 불을 끈다. 예전에는 참기름을 한두방울 넣었는데 이제는 안 넣는다.

계란을 좋아하는 h는 계란국을 좋아한다. 아주 뜨거울 때 뜻한 맛으로 먹는다. 쌀밥 조금 꺼내서 같이 먹으면 그런대로 든든한 한 끼가 된다.

오전에는 일어나자 마자 30분간 뛰었다. 공복에 달리기를 한 터라 배도 고프다. h는 문득 사랑에 대해 생각을 했다. 사랑이란 볼 수도 없고 만질 수도 없지만 때로는 정신을 지배하고 고통을 주는 특별한 무엇이다. 사랑에 대해선 잊고 산지 오래 되었다. 인간관계를 좁히고 혼자 있는 시간이 길어지면서 사랑이라는 것도 퇴색되고 힘이 없어진 것 같았다.

오래전 알고 지내던 한 친구의 어려워진 처지에 놓였다는 소식을 듣게 되었다. 처음에는 놀라고 그 다음에는 차근차근 생각을 해보게 된다. 어려워진 사람을 보면 그 사람 근처에는 얼씬도 하지 말아야 겠다는 생각, 누군가의 도움이 간절할텐데 혼자서 고생하고 있을 처지가 안타까운 생각. 사람과 사람 사이에 사랑이라는 것이 있다면 관심이 있고 손익을 따지지 않고 움직일 수 있는 용기가 생긴다. 그래서 사랑의 가치란 대단한 것이다.

그런데 사람과 사람 사이에 사랑을 키우는 게 쉽지 않다. 언젠가 허브를 집에서 키웠는데 다 죽었다. 다육식물도 키웠는데 하나만 남고 다 죽었다. 사람과 사람이 만나 사랑이 생명력 있는 잡초처럼 키워지기도 하지만 때로는 아무리 붙여놓고 10년지기 20년지기라도 정이 안 생기기도 한다. 그것이 어찌 노력으로 되겠는가.

계란국 한술을 뜬다. 계란을 2개를 넣었는데 1개는 풀어졌고 1개는 모양을 유지하고 있다. 풀어진 것부터 먹는다. 흰자는 흰색.

노른자는 노란색. 처음부터 무정란이긴 했지만, 이 달걀은 병아리가 되지 못하고 결론적으로 계란국이 되었다. 기왕 이렇게 된 거 나의 근육이 되는 단백질 영양소가 된 것도 괜찮지 않은가. 무정란의 꿈이란 무엇일까? 무정란이면서 닭이 되는 발칙한 꿈을 꾸면서 인생을 낭비하고 있는 건 아닌가? 분수 모르고 설치던 지난 날의 패기가 생각나 손발이 오그라든다. 요즘 운동을 하느라 단백질 섭취도 챙겨하는데 달걀은 정말 좋은 단백질 급원이다.

한때 좀 연락하고 지냈을 뿐인데, 그러다 멀어져서 만나지도 않는데 어느 날 갑자기 결혼 소식이나 출산 소식, 아이 돌잔치 등의 소식을 알려오는 친구는 부담스럽다.

처음에는 멋도 모르고 참석했다. 그런데 그뿐이라는 것을 알게 되었다. 단지 행사에 참석해줄 사람이 필요했던 것뿐이었다. 더이상의 대인관계로서의 교류는 없다는 것을 알고 이제는 누군가의 결혼식에 가지 않게 되었다.

오히려 그러한 소식을 전해오는 친구들을 차단하기도 했다. 인간관계에서 가장 힘들고 어려운 점은 필요할 때만 찾는 것이다. 남의 잔치에 가서 축하를 해주는 것이 어째서 남을 이용하는 것이 되었는지는 모르겠지만, 그 친구를 정말 좋아하고 사람으로 사랑했다면 그 친구에게 큰 일이 생겼다면 얼굴을 내비치는 수고는 했을 것이다.

다른 사람에게 에너지를 쏟는 것이 피곤하고 비생산적, 비효율적이라는 생각을 했다. 거하게 차린 밥상 앞에서도 다른 사람과 함께 하는 자리에서는 음식에 집중하지 못하고 그 사람의 말이나 행동에 신경썼다. 이야기가 잘 되면 혼자 먹는 것보다 여럿이 함께 먹는 즐거움이라며 위안하지만 돌아와서는 2배로 피곤하다.

친구들에게 속마음을 이야기했다가 짜하게 소문이 났다. 말할 땐 시원했는데 경청하는 그 친구의 표정이 깊은 공감인 줄 알았다. 잘 된 일이 있으면 온갖 소설을 써서 시기 질투를 하고, 친한 친구가 뒤에서는 다른 이들과 내 험담을 하고 다닌다는 것을 알고 난 뒤로는 사실 친구관계에 회의적이게 되었다.

힘들고 어려워진 친구에게 위로의 전화라도 한 통한다면 그것은 사랑이라고 할 수 있겠다. 그러나 실질적인 도움이 아닌 그저 전화 한통 정도의 성의만 보이는 것에 관해 불행해진 그 사람은 어떻게 생각할까? 그냥 궁금해서 호기심에 전화했다고 생각하지 않을까? 자신의 문제를 해결해줄 기대를 가지고 있는 사람에게 관심이란 호기심으로 비쳐지기도 한다. 그래서 자신의 아픈 곳, 힘든 점을 애써 감추고 남들은 모르게 하는 것이다.

정말로 사랑했다면 그 사람이 정말 힘드고 어려울 때 내가 외면

했다면 그 자체로 몹시 가슴이 아플 것이다. 사랑이 없어서 무관심해지고 혹시나 귀찮은 일이 생기지 않을까 몸을 사리게 된다. 문제는 사람과 사람 사이에 떠받치는 사랑이 있느냐 없느냐 이다. 온전한 사랑이 없으면서 꾸역꾸역 이어지는 대인관계가 너무 많다.

사랑이란 그런 게 아닐까. 내 시간을 내어주고 선물을 줘도 하나도 아깝지 않은 것. 힘든 일이 있으면 가장 먼저 뛰어가는 것. 도울 일이 있으면 돕고 그 자체로 보람차고 뿌듯한 것. 사랑은 너무나도 귀한 것이다.

동그란 달걀 노른자 하나를 먹는다. 계란이 신선하다. 달걀 2개를 먹었으니 이따 덤벨을 들고 근력운동을 해야 겠다.

단백질 급원 식품을 먹지 않고 근력 운동을 하는 건 소용없는 행동이다.

공복

–

비우기

건강 검진 결과가 충격적이다. 몸무게가 과체중인 걸 알고 있었지만 혈당이 높고 콜레스테롤 수치도 높다. 정상 범주안에 들긴 했지만 언제든 당뇨 전단계가 될 수 있었다.

변화가 필요했다. 지금까지 살던 대로 살아서는 안 된다. 생활 패턴과 식단을 바꾸지 않으면 방법이 없다.

i는 다이어트를 마음 먹었다. 식단에서 탄수화물을 상당히 제외시켰다. 아침 식사는 채소주스 혹은 콩물로 대신했다. 매일 아침 뜨뜻한 국밥을 먹는 습관이 있었는데과감히 바꾸었다. 가급적 1일

2식을 유지하려고 했다. 처음에는 정말 배가 많이 고팠다. 운동량은 크게 늘렸다. 하루 1~2만보를 걸었다. 사실 걷는 것으로는 칼로리 소모량이 많지 않다. 운동 강도를 높이기 위해 뛰어야 한다. 스쿼트를 하루 30개 이상, 런지, 슬로우버피, 플랭크, 버드독, 크런치, 리버스 크런치 등 여러 맨손 근력운동을 했다. 덤벨도 구입해서 팔근육 운동도 하고 데드리프트 등의 운동을 할 때 활용했다. 모래주머니를 발목에 차고 계단을 오르내렸다.

식사 시간에 식사를 안하니 시간이 정말 많이 생겼다. 밥을 먹으면서 정말 많은 시간을 보냈구나 싶다. 인바디 기계를 사서 매일 근육량과 체지방량을 확인했다. 아주 정확한 수치는 아니겠지만 참고용으로만 본다.

매일 몸무게를 재는 것만으로도 다이어트에 도움이 된다. 매일 아침 일어나면 소변을 보고 나서 체중계에 올랐다. 공복의 달리기는 매우 효과적이라 따뜻한 물 한 잔을 마시고 30분 정도 뛴다. 처음에는 힘들었지만 뛴다는 것이 얼마나 행복한 행위인지 모른다.

실제와 차이가 있는 것을 감안해도 운동하고 식단을 바꿀 수록 인바디 수치가 눈에 띄게 달라졌다. 참고로 보는 신체나이도 점점 젊어져서 놀라웠다.

인터벌 러닝이 특히나 효과적이다. 별건 아니고 뛰었다가 걸었다가 뛰었다가 걷는 것을 말한다. 속도에 변화를 주면 시간적으로도 훨씬 효율적이다. 100/% 백태를 삶아 직접 갈아먹는 콩물, 두부, 찐달걀을 꼭 먹었다. 대신 쌀밥은 거의 줄였다. 채소를 사와 직접 샐러드를 만들어 먹었다. 샐러드는 많이 먹어도 포만감은 있고 체중관리에는 유리하다. 양배추, 당근, 브로콜리, 양파를 주로 이용했다. 생채소가 싫을 때는 달걀물을 묻혀서 전으로 구워먹기도 했다. 이 마저도 최소한의 식사량으로만 먹었다. 무엇이든 달걀물을 입혀서 조리하면 다 맛있다.

i는 뛰었다. 뛰면서 알게 되었다. 뛰면 뛸수록 사람이 가벼워진다는 것을. 불필요한 칼로리를 몸에 저장하지 않고부터 다시 건강이 찾아왔다. 총 10kg을 감량했다. 순수하게 운동과 식단으로 감량한 건강한 방법이었다.

체중 유지를 위해 계속 운동했고 1년째 몸무게를 유지하고 있다. 삶의 패턴을 바꾸자 외모가 많이 바뀌었고 이전에 입던 옷을 못 입게 되어 아주 예전, 그러니까 날씬할 때 입던 옷을 다시 꺼내고 새옷을 샀다. 예뻐지려고 한 운동이 아니다. 혈당과 콜레스테롤 수치를 낮추기 위한 운동이다.

체중감량을 하는 것만으로도 인생의 과소비를 줄이고 절약할 수 있다. 이제는 조금만 많이 먹어도 속이 더부룩하다. 몸에 꼭 필요한 것만 섭취하고부터 삶이 가뿐해졌다.

i는 공복을 즐긴다. 쉴틈없이 일하는 위와 장에게도 쉬는 시간을 준다. 규칙적인 식사와 식단은 건강의 지름길인데 이렇게 한번씩 공복의 시간을 준다. 내 자신을 비우는 시간.

배고픔에 못 이겨 이것저것 먹으면서 채우기보다 약간의 물만 마시고 아무것도 안 먹고 공복을 지키는 시간. 내가 나를 먹는 시간. 이 시간은 꼭 필요한 시간이다.

공복의 시간은 가끔씩 꼭 즐긴다. 아무것도 안 먹고 있는 것도 재미있다. 물 이외의 다른 것은 먹지 않고 16시간 단식, 24시간 단식, 48시간 단식. 단식을 하는 동안에는 인생에 대한 새로운 시야가 열린다. 배고픔이라는 것도 잠시 찾아오고 떠나는 것이다.

사람을 만나지 않고 혼자만의 시간을 가지면서 스스로 생각하고 사색할 시간을 확보한다.

시간이 잘 안 가고 무기력해지면 자리에서 일어나 뛴다. 잘 뛰려면 몸이 가벼워져야 한다. 몸 속에 필요없는 것들을 배출해야 몸이 가벼워질 수 있다.

좋아하는 음악을 듣다가 심취하면 30분은 금방 간다.

Chapter 6. 디저트

핫도그
–
폐업

날씨가 쌀쌀해지는 12월이었다. 앞으로 추위는 더 깊어지고 매서워질 일만 남았다. 가느다란 눈발이 내려앉기 시작했다. K는 한숨이 깊었다. 나름 큰 포부를 안고 차린 가게가 기울고 있기 때문이다. 돈이 벌고 싶어서 가게를 열었다. 가게만 열면 다 되는 줄 알았다. 그런데 현실은 달랐다. 손님 구경하기가 어려웠고 온종일 손님을 기다리다가 공치는 일이 많았다.

왜 손님이 오지 않을까? 그제야 어떤 이가 가게 차려서 대박 났다는 말도 거짓일 수도 있겠다는 생각을 처음으로 했다. 야심차게 가게를 시작했지만 가게를 접어야겠다는 생각이 들기까지는 3개월이 채 안 걸렸다. 장사를 해보지 않은 사람은 장사가 얼마나 힘든지 알지 못한다. 본전 생각나서 투자했던 시설비라도 건지려고 하면 더욱 손해를 보게 된다. 가게를 내놔도 보러오는 사람도 없다. 손님이 없으니 점점 정이 떨어지고 의욕이 사라졌다.

출근해서 손님만 기다리던 K는 늦은 점심으로 핫도그 한 개를 먹었다. 반짝이는 설탕이 듬뿍 발라져 있고 안에는 소시지와 치즈가 잔뜩 들어있는 핫도그. 제법 통통하고 갓 튀겨 만든 거라 뜨겁다. 핫도그 하나로도 충분히 식사가 된다. 핫도그 집에는 손님이 많았는데 각자 차례를 기다리고 핫도그를 받아갈 때는 얼굴들이 밝다.

흰눈이 부슬부슬 내리는 어느 겨울 날, K는 눈을 맞으며 걸어가며 핫도그를 먹었다. 따뜻한 핫도그 안에 소시지와 치즈가 들어 있다. 겉에는 설탕이 듬뿍 발라져 있다. 달고 쫀득하고 맛있다. 가게 사정에 대해서는 주변 사람들은 모른다. 말하고 싶지도 않았다. 이런저런 훈수만 두고 도움도 안 된다.

심란한 와중에 핫도그가 몸속에 들어가 답을 준다. 허기는 먹을 것으로 채우지 사람으로 채울 수 없다. 맛이 주는 즐거움이 찾아오자 냉정하고 이성적인 판단을 할 수 있게 되었다.

왜 이렇게 힘든가 했더니, 아무래도 이 일에 진심이 없어서 그런 것 같았다.

진심도 아니면서 그냥 남의 말만 듣고 돈벌이가 되나 싶어서 선택한 것이 화근이었다.

K는 안 되는 일에 너무 매달리지 않기로 했다. 아니다 싶을 때는 빠른 결정을 해야 한다. 잃어버린 것을 만회하려고 하면 더욱 잃게 된다. K는 가게를 과감히 접기로 선택했다.

인연이 아니었는데
만나는 일이 있다

인연이 아니었는데
황홀하게 꿈꾸기도 한다

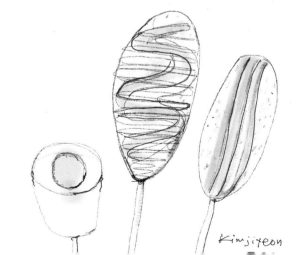

크레페

-

아버지

T에게는 아빠가 없다. 살아있긴 하나 멀리 있고 만난 적은 없다. 이름만 아는 정도다. 어머니는 아버지로부터 양육비를 받고 있다. 아버지가 T에게 먼저 연락한 적은 없다. T는 태어나서 아빠라고 불러본 적이 없다. 어머니는 숨기지 않고 사실대로 다 말해줬다.

어머니는 T를 낳고 T가 첫돌이 되기 전에 아버지와 헤어졌다. 그리고 줄곧 열심히 일했고 다른 사람을 만나지 않았다. 그렇게 T는 어느 덧 18세가 되었다. 아버지가 있어 본적이 없어서 없는 것이 자연스러웠다. 가끔 한부모 가정인 친구들과는 깊은 대화를 하며 공감을 하기도 했다. 어머니가 한결같이 함께 있어줌에 감사했다.

어머니는 성인이 된 이후에도 절대로 아버지를 만나지 마라고 신신당부했다. 별로 이로운 것이 없을 거라고 했다. 사랑가는 데 돈이 가는 거라고 양육비를 받아내는 대로 정말 힘들었다고 한다. 훗날 연락이 온다면 절대로 좋은 일은 아닐 거라고 했다. 아파서 간병인이 필요하거나 혹은 장기 이식이나 해달라고 할 거라고 했다. 사랑하는 마음이 없어서 젖먹이 아이를 뒤로 하고 사라진 사람이 아버지였다.

T의 잘못은 없었다. 이 세상에 태어났고 자라났고 어느 날 다른 아이에게는 있는 아버지란 존재가 없다는 것을 알게 되었다. 아버지가 돌아가시거나 혹은 이혼한 가정의 친구들과 친해졌다. 이 세상을 환히 비추는 햇빛처럼 당연히 공짜로 받아야 할 부성애가 T의 삶에는 없었다. 처음에는 당황했지만 지금은 그럴 수도 있겠거니 생각한다.

크레페는 근사한 디저트다. 반죽은 얇고 부드럽고 생크림은 폭신하고 달콤하다. 생과일을 듬뿍 얻은 상큼함은 달콤함과 더불어 환상적인 조합이다. 먹고 있으면 세상 만사 근심이 눈 녹듯이 다 사라진다. 달콤한 디저트 크레페를 먹으면 세상이 아름답게 보인다.

아버지에게도 그만의 사정이 있겠지. 미워할 필요도 없고 신경
쓸 필요도 없다. 물론 이해하거나 배려하고 싶은 마음도 없다. 그
냥 특별히 모르는 사람 정도로 생각하면 된다. 울분도 필요없고 비
난도 필요없다.

자식이 없어도 되는 아버지가 있는데, 아버지가 없어도 되는 자
식도 있다.

달콤한 크레페를 먹으며 생각한다. 비록 아버지에게 버림을 받
았지만 이 세상은 아름답다고. 입속에서 톡톡 터지는 블루베리 과
즙이 온몸의 긍정을 이끌어낸다.

이 세상은 아름답고 살아볼 가치가 있다고. 가지지 못한 것보다
가진 것에 감사하고 행복을 따라 걷는 길이라고.

하나를 잃으면
그건 다시 찾을 수는 없지만
또다른 하나가 주어져요

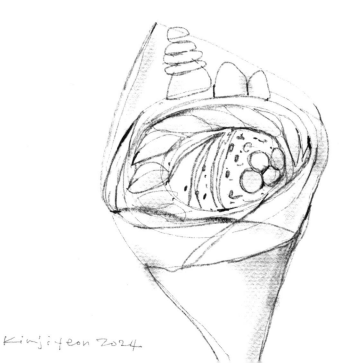

수플레 팬케이크

—

따돌림

y는 학창 시절에 왕따를 당했다. 아주 친구가 없다고는 할 수 없었지만 크게 왕따를 당한 뒤에 교우관계에 특별한 문제가 생겼다. y는 친구를 멀리했고 어쩔 수 없이 마주치게 되는 친구가 생겨도 항상 마음의 벽을 치고 신뢰하지는 않았다.

친구가 주는 행복감을 아는가? 타인이 나의 친구가 되어 함께 어울리고 서로를 지지해주면서 갖게 되는 든든함. 또래만에 통하는 유머의 센스 그리고 함께 있는 동안의 즐거움. 오직 또래만이 향유하는 것이 있다.

그런데 왕따라는 무서운 기억은 y의 인생에 많은 영향을 끼쳤다.

돈하고 상관도 없이 어느 한 친구를 그렇게 따돌리고 괴롭힐 수 있다는 에너지에 놀랐다. 친구라는 관계 자체를 중요하게 생각하지 않는 계기가 되었다.

y는 부드럽고 달달한 수플레 팬케이크를 먹으며 생각한다. 꼭 따돌린 그 친구들만의 잘못은 아니라고. 내가 친구를 더 좋아해주지 않고 더 위해주지 않아서 였다고. 함께 하는 것보다 사실 그때 혼자가 더 좋았다고. 극심한 따돌림 속에서 인간의 밑바닥 본성을 보게 되었고 그때 y에게는 어떤 힘이 생겼다. 사람을 믿지 않게 되었고 사람이 주는 상처에도 의연하게 대처하게 되었다. 적어도 y에게는 독하고 못된 사람을 만나면 그 사람보다 더 못되고 독해지는 패기가 있었다.

달콤한 수플레 팬케이크에게 위로를 받는다. 어쩜 이리도 폭신하고 걸리는 게 없을까. 비주얼도 참 이뻐서 먹는 것 자체가 여왕님이 된 것 같다. 친구들과 좀 더 좋은 추억이 있었다면, 이렇게 어른이 되어 함께 늙어갈 때 친구가 어려운 부탁을 하면 참 곤란하겠지. 어릴 때는 사소한 싸움을 한다면 나이 들면 인생의 큰 민폐를 끼치는 일이 생기곤 한다. 누구든 돈 빌려 달라 뭐 좀 해달라 이런 곤란한 이슈가 생기기 십상이다. 부탁을 안 들어주면 의리 없는 것으로 비치고 소원해지는 것 정도는 각오해야 한다. 약속이란 지켜지지 않는다는 것을 호된 따돌림을 통해 아주 오래전에 깨닫게 되었다. 애초에 믿지를 않으니 나중에 친구로 인해 생길 피해는 미리 막은 셈이다. 따돌림에 대한 추억도 그리 나쁜 것만은 아니다.

따돌림이란 또래 아이들이 한 사람을 낙오시키는 것이다. 그들만의 기준으로. 그리고 희열감을 느끼는 것이다. 그게 힘들다면 그렇게 열중해서 하지 않을 것이다. 재미있고 즐거워서 하는 따돌림은 존재한다. 이미 친구가 형성되어 있어 더 필요하지 않은 잉여 관계를 정리하는 것으로도 볼 수 있다. 사람이 너무 많다 싶으면 따돌림이라는 것도 생기는 것 같다. 누군가를 선택하고 누군가를 탈락시키고. 모든 사람과 친구가 될 수는 없으니.

달콤한 수플레 팬케이크가 위로해 준다. 수플레 팬케이크는 만들기가 어렵다. 타이밍도 중요하고. 잘 부푼 수플레는 진짜 너무 아름답다.

따돌림이 뭐 그리 상처일까? 다 지나간 일인 걸. 그때 사람과 사람 사이에 견디는 힘이 생겼고 그걸로 평생 살아간다. 뭐 그러던지 말든지 괜찮다고. 꿀이 흐르는 디저트는 언제나 행복하다.

인간관계의 본질이란
필요없는 관계에 관해
갖는 냉정함이다

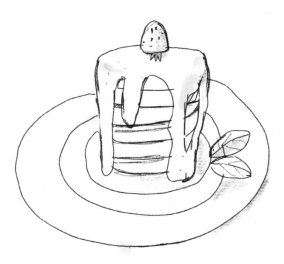

Kim ji yeon 2024

휘낭시에
-
강박증

　k는 11시에 빵집으로 갔다. 빵이 나오는 시간이다. 빵집은 오전 9시 오픈이지만 오픈 시간에는 빵이 많지 않다. 11시면 빵들이 거의 나오는 시간이다.

　빵집 문이 활짝 열려 있다. 가게 안으로 들어서니 빵냄새가 달콤하게 스며든다. 그냥 둘러보기만 해도 흐뭇하다. 구움과자류는 따로 분류해 두었다.

　구움과자 디저트 휘낭시에가 눈에 띈다. 네모난 모양에 가운데 불룩 솟은 비주얼. 크림 휘낭시에, 초콜릿 휘낭시에, 딸기 휘낭시에 등 다양하게 준비되어 있다.

한손에는 트레이, 한손에는 빵 집게를 들고 있던 k의 시선이 살짝 흔들린다. 베이커리의 빵은 가지런히 진열되어 있다. 다 비슷비슷한데 뭘 집어야 할지 잠시 고민이었다.

유심히 빵을 살펴본다. 보다 더 나은 것. 더 맛있어 보이는 것. 자세히 봐도 모르겠다. 맨 앞에 있는 건 왠지 마음이 안 간다. 그래서 속에 있는 걸 집는다. 많은 선택지 앞에서 고민하면서 고르지만 이것이 최선인지는 모르겠다. 정답을 모르면서 망설이는 건 시간낭비인데.

겨우겨우 기본 휘낭시에 3개를 골라 가지고 왔다. 오늘 점심은 따뜻한 아메리카노에 휘낭시에 3개다.

k는 손이 빠른 편이다. 다른 사람보다 일머리가 좋아 작업 속도가 빠르다. 그런 그녀의 발목을 잡는 건 바로 강박증이었다. 어느 순간부터 강박증이 몸 속 깊숙이 들어왔다. 밥도 먹으면 똥으로 나가는데 한번 스며든 강박증이 배출이 안 된다.

k의 강박증이란 이런 것이었다. 한번에 하지 못하는 것. 뭔가를 시작하려고 하면 불안해져서 다시 처음으로 돌아가서 다시 하는 것이다.

가령 한번 사진을 찍었다면 뭔가 불안해져서 한번 더 사진을 찍는다. 가끔은 다른 사람에게 일을 시킬 때도 한번이 아니라 두번 일하게 하는 경우도 있었다.

티 안 나는 강박증이라 지적 당하지 않고 오히려 섬세하고 꼼꼼한 사람으로 보이게 했지만 k는 알고 있었다. 이 엄청난 비효율을. 한번에 못하고 두번, 세번해도 사실 결과는 같다.

단지 한번에 뭔가를 할 때는 불안해졌다. 설거지를 하다가도 충분히 헹궜음에도 두번, 세번, 네번을 헹구곤 했다. 물이 낭비되고 시간도 들고 허리도 아픈데 불안이 사라질 때까지 헹구곤 했다. 혼자 있다가 외출할 때는 가스렌지가 잘 꺼졌는지 확인만 10번 이상 하고 괜찮다고 스스로 안심시키는데 5분이나 걸린다. 집에서 가스렌지가 억울하게 가장 많은 의심을 받는 살림살이다.

길을 가다가도 다시 왔던 길을 돌아가서 다시 걸어야 마음이 편해질 때도 있었다. 돌다리 두드려보다 늙어죽을 것 같다.

처음부터 다시 하면 무엇이 달라질까? 별다른 실수가 발견되지 않았음에도 알 수 없는 불안감이 다시 행동을 반복하게 만들었다.

k는 휘낭시에를 꺼냈다. 짙은 갈색 빛이 도는 휘낭시에. 겉은 윤기가 흐르고 한입 먹어보면 야무진 맛에 감탄이 나온다. 휘낭시에는 아몬드가루와 박력분, 태운 버터로 만든다.

아몬드 가루는 마카롱처럼 특유의 쫀득한 식감을 만들어낸다. 밀가루가 아니라서 건강한 재료로 각광받고 있다. 버터를 태워서 만들기 때문에 독특한 향과 깊은 맛이 일품이다. 그 달콤한 맛이 강박증으로 아주 조금씩 고통받는 영혼을 위로해 준다. 이제 뭐든 한번에 하겠다. 블로그에 포스팅을 올리다가도 작성 취소를 누르고 처음부터 다시 올리지 않아야 겠다. 알 수 없는 막연한 불안감이 처음으로 다시 돌아가서 다시 하라고 속삭이겠지만 이겨내볼 것이다. 한번에 모든 것을 끝내겠다고 생각했다.

처음하는 것에 내가 의도하지 않은 실수가 있을 것이 두렵다. 반복해서 하는 일에 실수가 줄어들다 보니, 오히려 강박증을 신뢰하기도 하지만 그것은 마음의 고통이 된다. 배꼽이 아주 잘 나온 휘낭시에. 세개나 먹었더니 배가 부르다. 자기 자신과 싸워서 이길 힘을 주는 달콤함이다.

나도 어쩔 수 없이 무방비로 스트레스에 노출이 되면 조금씩 나만의 원칙이 생기고 그것이 굳어지면 강박증이 만들어지는 것 같다. 강박증은 사람을 아주 피곤하게 한다.

강박증이 또 스멀스멀 찾아올 때면, 그것에서 벗어나려 발버둥치지 말고 스스로를 자책하지 말고 가벼운 마음으로 휘낭시에 하나를 먹어보려고 한다.

이렇게 맛있는 게 있는지 불필요한 고민이 왜 필요한가 싶다.

마음의 오류는
수정할 수 있어요

마음 속 깊은 곳에 숨겨진
불안정함을 바로잡아요

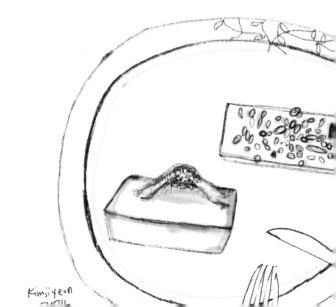

에필로그

이제 말하고 싶은 것은
배고픔

배고프지 않으면
누굴 만나고 싶기나 할까
배고프지 않으면
안간힘 쓰며 애써 가지려고 할까

배고픔에서 벗어나면
아량이 생기고
이해해줄 여유도 생기고
불안이 사라진다

살아있다면
때가 되면 찾아오는 배고픔

인생의 행복을 부르는 맛있음

먹는 위로

초판 1쇄 발행 | 2024년 11월 27일

지은이 | 김지연
펴낸이 | 김지연
펴낸곳 | 마음세상

출판등록 | 제406-2011-000024호 (2011년 3월 7일)

ISBN | 979-11-5636-586-0(03810)

ⓒ김지연

원고투고 | maumsesang2@nate.com
블로그 | http://blog.naver.com/maumsesang

* 값 17,200원